목 차

이상 단편선

종생기

단발(斷髮)

그는 쓸데없이 자기가 애정의 거자(遽者)[1]인 것을 자랑하려 들었고 또 그러지 않고 그냥 있을 수가 없었다.

공연히 그는 서먹서먹하게 굴었다. 이렇게 함으로 자기의 불행에 고귀한 탈을 씌워 놓고 늘 인생에 한눈을 팔자는 것이었다.

이런 그가 한 소녀와 천변(川邊)을 걸어가다가 그만 잘못해서 그의 소녀에게 대한 애욕을 지껄여 버리고 말았다.

여기는 분명히 그의 음란한 충동 외에 다른 아무런

---

1) 거자: 거인(遽人). 명령을 전달하는 심부름꾼.

이유도 없다. 그러나 소녀는 그의 강렬한 체취와 악의의 태만에 역설적인 흥미를 느끼느라고 그냥 그저 흐리멍텅하게 그의 애정을 용납하였다는 자세를 취하여 두었다. 이것을 본 그는 곧 후회하였다. 그래서 그는 이중의 역어를 구사하여 동물적인 애정의 말을 거침없이 소녀 앞에 쏟고 쏟고 하였다. 그러면서도 그의 육체와 그 부속품은 이상스러울 만치 게을렀다.

소녀는 조금 왔다가 이 드문 애정의 형식에 그만 갈팡질팡하기 시작하였다. 그리고는 내심 이 남자를 어디까지든지 천하게 대접했다. 그랬더니 또 그는 옳지 하고 카멜레온처럼 태도를 바꾸어서 소녀에게 하루라도 얼른 애인이 생기기를 희망한다는 둥 하여 가면서 스스럽게 구는 것이었다.

소녀의 눈은 이번 허위가 그대로 무사히 지나갈 수가 없었다. 투시(透視)한 소녀의 눈이 오만을 장치하기 시작하였다. 그러기 위한 세상의 '교심(驕心)한 여인'으로서의 구실을 찾아 놓고 소녀는 빙그레 웃었다.

"세상 사람들이 모두 연(衍)씨를 욕허니까 어디

제가 고쳐 디리지요. 연씨는 정말 악인인지두 모르니까요.”

이런 소녀의 말버릇에 그는 가슴이 뜨끔했다. 그냥 코웃음으로 대접할 일이 못 된다. 왜? 사실 그는 무슨 그렇게 세상 사람들에게 욕을 먹고 있는 것도 아닐 뿐만 아니라 악인일 것도 없었다. 말하자면 애호하는 가면을 도적을 맞는 위에 그 가면을 뒤집어 이용당하면서 놀림감이 되고 말 것밖에 없다.

그러나 그라고 해서 소녀에게 자그마한 욕구가 없는 바는 아니었다. 아니 차라리 이것은 한 무적 ‘에고이스트’가 할 수 있는 최대 욕구이었는지도 모른다.

그는 결코 고독 가운데서 제법 하수(下手)²⁾할 수 있는 진짜 염세주의자는 아니었다. 그의 체취처럼 그의 몸뚱이에 붙어다니는 염세주의라는 것은 어디까지든지 게으른 성격이요 게다가 남의 염세주의는 어느 때나 우습게 알려 드는 참 고약한 아리아욕(我利我慾)의 염세주의였다.

---

2) 하수: 손을 대어 사람을 죽임. 여기서는 자살을 의미.

죽음은 식전의 담배 한 모금보다도 쉽다. 그렇건만 죽음은 결코 그의 창호(窓戶)를 두드릴 리가 없으리라고 미리 넘겨짚고 있는 그였다. 그러나 다만 하나 이 예외가 있는 것을 인정한다.

A double suicide.[3]

그것은 그러나 결코 애정의 방해를 받아서는 안 된다는 조건이 붙는다. 다만 아무것도 이해하지 말고 서로서로 '스프링보드' 노릇만 하는 것으로 충분히 이용할 것을 희망한다. 그들은 또 유서를 쓰겠지. 그것은 아마 힘써 화려한 애정과 염세의 문자로 가득 차도록 하는 것인가 보다.

이렇게 세상을 속이고 일부러 자기를 속임으로 하여 본연의 자기를, 얼른 보기에 고귀하게 꾸미자는 것이다. 그러나 가뜩이나 애정이라는 것에 서먹서먹하게 굴며 생활하여 오고 또 오는 그에게 고런 마침 기회가 올까 싶지도 않다.

당연히 오지 않을 것인데도 뜻밖에 그가 소녀에게

---

3) A double suicide: 한 쌍의 자살, 곧 정사(情死).

가지는 감정 가운데 좀 세속적인 애정에 가까운 요소가 섞인 것을 알아차리자 그 때문에 몹시 자존심이 상하지나 않았나 하고 위구(危懼)하고 또 쩔쩔매었다. 이것이 엔간치 않은 힘으로 그의 정신생활을 섣불리 건드리기 전에 다른 가장 유효한 결과를 예기하는 처벌을 감행치 않으면 안 될 것을 생각하고 좀 무리인 줄은 알면서 노름하는 셈치고 소녀에게 double suicide를 프로포즈하여 본 것이었다.

되어도 그만 안 되어도 그만 편리한 도박이다. 되면 식전의 담배 한 모금이요, 안 되면 소녀를 회피하는 구실을 내외에 선고할 수 있지 않느냐는 것이다.

거기는 좀 너무 어두운 그런 속에서 그것은 조인된 일이라 소녀가 어떤 표정을 하나 자세히 볼 수는 없으나 그의 이런 도박적 심리는 그의 앞에서 늘 태연한 이 소녀를 어디 한번 마음껏 놀려먹을 수 있었대서 속으로 시원해하였다. 그런데 나온 패(牌)는 역시 '노'였다. 그는 후─ 한번 한숨을 쉬어 보고 말은 없이 몸짓으로만,

"혼자 죽을 수 있는 수양을 허지."

이렇게 한번 배를 퉁겨 보았다. 그러나 이것 역시 빨간 거짓인 것은 물론이다.

황량한 방풍림(防風林) 가운데 저녁 노을을 멀거니 바라다보고 섰는 소녀의 모양이 퍽 아팠다.

늦은 가을이라기보다 첫겨울 저물게 강을 건너서 부첩(符牒)과 같은 검은빛 새들이 떼를 지어 날았다. 그러나 발 아래 낙엽 속에서 거의 생물이랄 만한 생물을 찾아볼 수조차 없는 참 적멸의 인외경(人外境)이었다.

"싫습니다. 불행을 짊어지고 살아가는 것이 제게는 더없는 매력입니다. 그렇게 내어버리구 싶은 생명이거든 제게 좀 빌려 주시지요."

연애보다도 한 구(句) 위티시즘(경구)을 더 좋아하는 그였다. 그런 그가 이때만은 풍경에 자칫하면 패배할 것 같기만 해서 갈팡질팡 그 자리를 피해 보았다.

소녀는 그때부터 그를 경멸하였다느니보다는 차라리 염오하는 편이었다. 그의 틈바구니투성이의 점잖으려는 재능을 향하여 소녀의 침착한 재능의

창(槍) 끝이 걸핏하면 침략하여 왔다.

오월이 되어서 한 돌발사건이 이들에게 있었다. 소녀의 단 하나의 동지 소녀의 오빠가 소녀로부터 이반(離反)하였다는 것이다. 오빠에게 소녀보다 세속적으로 훨씬 아름다운 애인이 생긴 것이다. 이 새 소녀는 그 오빠를 위하여 애정에 빛나는 눈동자를 가졌다. 이 소녀는 소녀의 가까운 동무였다.

오빠에게 하루라도 빨리 애인이 생겼으면 하고 바랐고 그래서 동무가 오빠를 사랑하였다고 오빠가 동생과의 굳은 약속을 저버려야 되나?

소녀는 비로소 '세월'이라는 것을 느꼈다. 소녀의 방심을 어느결에 통과해 버린 '세월'이 소녀로서는 차라리 자신에게 고소하였다.

고독—그런 어느 날 밤 소녀는 고독 가운데서 그만 별안간 혼자 울었다. 깜짝 놀라 얼른 울음을 끊쳤으나 이것을 소녀는 자기의 어휘로 설명할 수 없었다.

이튿날 소녀는 그가 하자는 대로 교외 조용한 방에 그와 대좌하여 보았다. 그는 또 그의 그 '위티시즘'과 '아이러니'를 아무렇게나 휘두르며 산비(酸鼻)할 연막을 펴는 것이었다. 또 가장 이 소녀가 싫어하는 몸맵시로 넙죽 드러누워서 그냥 사정없이 지껄여 대는 것이다. 이런 그 앞에서 소녀도 인제는 어지간히 피곤하였던지 이런 소용없는 감정의 시합은 여기쯤서 그만두어야겠다고 절실히 생각하는 모양 같았다. 그러나 이런 경우에 소녀는 그에게보다도 자기 자신에게 이기고 싶었다.

"인제 또 만나 뵙기 어려워요. 저는 내일 E하구 같이 동경으루 가요."

이렇게 아주 순량하게 도전하여 보았다. 그때 그는 아마 이 도전의 상대가 분명히 그 자신인 줄만 잘못 알고 얼른 모가지 털을 불끈 일으키고 맞선다.

"그래? 그건 섭섭하군. 그럼 내 오늘 밤에 기념 스탬프를 하나 찍기루 허지."

소녀는 가벼이 흥분하였고 고개를 아래 위로 흔들어 보이기만 하였다. 얼굴이 소녀가 상기한 탓도 있었겠지만 암만 보아도 이것은 가장 동물적인 동물 이외의 아무것도 아니었다.

마지막 승부를 가릴 때가 되었나 보다. 소녀는 도리어 초조해하면서 기다렸다. 즉 도박적인 '성미'로!

(도박은 타기(唾棄)와 모멸(侮蔑)! 뿐이려나 보다.)

(그가 과연 그의 훈련된 동물성을 가지고 소녀 위에 스탬프를 찍거든 소녀는 그가 보는 데서 그 스탬프와 얼굴 위에 침을 뱉는다.

그가 초조하면서도 결백한 체하고 말거든 소녀는 그의 비겁한 정도와 추악한 가면을 알알이 폭로한 후에 소인으로 천대해 준다.)

그러나 아마 그가 좀더 웃길 가는 배우였던지 혹 가련한 불감증이었던지 오전 한시가 훨씬 지난 산길을 달빛을 받으며 그들은 내려왔다. 내려오면서
—

어느 날 그는 이 길을 이렇게 내려오면서 소녀의 삼 전 우표처럼 얄팍한 입술에 그의 입술을 건드려 본 일이 있었건만 생각하여 보면 그것은 그저 입술

이 서로 닿았었다뿐이지—아니 역시 서로 음모를 내포한 암중모색이었다. 두 사람은 서로 그리 부드럽지도 않은 피부를 느끼고 공기와 입술과의 따끈한 맛은 이렇게 다르고나를 시험한 데 지나지 않았다.

이 밤 소녀는 그의 거친 행동이 몹시 기다려졌다. 이것은 거의 역설적이었다. 안 만나기는 누가 안 만나— 하고 조심조심 걷는 사이에 그만 산길은 시가에 끝나고 시가도 그의 이런 행동에 과히 적당치 않다.

소녀는 골목 밖으로 지나가는 자동차의 '헤드라이트'를 보고 경칠 나 쪽에서 서둘러 볼까까지 생각하여도 보았으나 그는 그렇게 초조한 듯한데 그때만은 웬일인지 바늘귀만한 틈을 소녀에게 엿보이지 않는다. 그러느라고 그랬는지 걸으면서 그는 참 잔소리를 퍽 하였다.

"가령 자기가 제일 싫어하는 음식물을 상 찌푸리지 않고 먹어 보는 거 그래서 거기두 있는 '맛'인 '맛'을 찾아내구야 마는 거, 이게 말하자면 '패러독스'지. 요컨대 우리들은 숙명적으로 사상, 즉 중심이 있는 사상생활을 할 수가 없도록 돼먹었거든. 지성— 홍 지성의 힘으로 세상을 조롱할 수야 얼마든지 있지, 있지만 그게 그 사람의 생활을 '리드'할 수 있는 근본에 있을 힘이 되지 않는 걸 어떡허나? 그러니까 선(仙)이나 내나 큰소리는 말아야 해. 일체 맹세하지 말자— 허는 게 즉 우리가 해야 할 맹세지."

소녀는 그만 속이 발끈 뒤집혔다. 이 씨름은 결코 여기서 그만둘 것이 아니라고 내심 분연하였다. 이 따위 연막에 대항하기 위하여는 새롭고 효과적인 엔간치 않은 무기를 장만하지 않을 수 없다 생각해 두었다.

또 그 이튿날 밤은 질척질척 비가 내렸다. 그 빗속을 그는 소녀의 오빠와 걷고 있었다.

"연! 인제 내 힘으로는 손을 대일 수가 없게 되구 말았으니까 자넨 뒷갈망이나 좀 잘해 주게. 선이가 대단히 흥분한 모양인데—"

"그건 왜 또."

"그건 왜 또 딴청을 허는 거야."

"딴청을 허다니 내가 어떻게 딴청을 했단 말인가?"

"정말 모르나?"

"뭐를?"

"내가 E허구 같이 동경 간다는 걸."

"그걸 자네 입에서 듣기 전에 내가 어떻게 안단 말인가?"

"선이는 그러니까 갈 수가 없게 된 거지. 선이허 구 E허구 헌 약속이 나 때문에 깨어졌으니까."

"그래서."

"게서버텀은 자네 책임이지."

"흥."

"내가 동생버덤 애인을 더 사랑했다구 그렇게 선 이가 생각할까 봐서 걱정이야."

"하는 수 없지."

선이— 오빠에게서 모든 이야기를 듣고 나는 참 깜짝 놀랐소. 오빠도 그럽디다— 운명에 억지로 거역하려 들 어서는 못쓴다고. 나도 그렇게 생각하오.

나는 오랫동안 '세월'이라는 관념을 망각해 왔소. 이 번에 참 한참만에 느끼는 '세월'이 퍽 슬펐소. 모든 일이 '세월'의 마음으로부터의 접대에 늘 우리들은 다 조신하게 제 부서에 나아가야 하지 않나 생각하오. 흥분하지 말어요.

아무쪼록 이제부터는 내게 괄목(刮目)하면서 나를 믿어 주기 바라오. 그 맨 처음 선물로 우리 같이 동경 가기를 내가 '프로포즈'할까? 아니 약속하지. 선이 안 기뻐하여 준다면 나는 나 혼자 힘으로 이것을 실현해 보이리다.

그럼 선이의 승낙서를 기다리기로 하오.

그는 좀 겸연쩍은 것을 참고 어쨌든 이 편지를 포스트에 넣었다. 저로서도 이런 협기(俠氣)가 우스꽝스러웠다. 이 소녀를 건사한다?—당분간만 내게 의지하도록 해?—이렇게 수작을 해가지고 소녀가 듣나 안 듣나 보자는 것이었다. 더 그에게 발악을 하려 들지 않을 만하거든, 그는 소녀를 한 마리 '카나리아'를 놓아 주듯이 그의 '위티시즘'의 지옥에서

석방—아니 제풀에 나가나? 어쨌든 소녀는 길게 그의 길에 같이 있을 것은 아니니까다. 답장이 왔다.

처음부터 이렇게 되었어야 하지 않았나요? 저는 지금 조금도 흥분하거나 하지는 않았습니다. 이런 제가 연께 감사하다고 말씀드린다면 연께서는 역정을 내이시나요? 그럼 감사한다는 기분만은 제 기분에서 삭제하기로 하지요.

연을 마음에 드는 좋은 교수로 하고 저는 연의 유쾌한 강의를 듣기로 하렵니다. 이 교실에서는 한 표독한 교수가 사나운 목소리로 무엇인가를 강의하고 있다는 것을 안 지는 오래지만 그 문간에서 머뭇머뭇하면서 때때로 창틈으로 새어 나오는 교수의 '위티시즘'을 귓결에 들었다뿐이지, 차마 쑥 들어가지 못하고 오늘까지 왔습니다. 그렇지만 지금은 벌써 들어와 앉았습니다. 자— 무서운 강의를 어서 시작해 주시지요. 강의의 제목은 '애정의 문제'인가요. 그렇지 않으면 '지성의 극치를 흘낏 들여다보는 이야기'를 하여 주시나요.

엊그제 연을 속였다고 너무 꾸지람은 말아 주세요. 오빠의 비장한 출발을 같이 축복하여 주어야겠지요. 저는 결코 오빠를 야속하게 여긴다거나 하지 않아요. 애정을 계산하는 버릇은 미움받을 버릇이라고 생각하니까요. '세월'이오? 연께서 가르쳐 주셔서 참 비로소 이 '세월'을 느꼈습니다. '세월'! 좋군요— 교수— 제가 제 맘대로 교수를 사랑해도 좋지요? 안 되나요? 괜찮지요? 괜찮겠지요 뭐?

단발(斷髮)했습니다. 이렇게도 흥분하지 않는 제 자신이 그냥 미워서 그랬습니다.

단발? 그는 또 한번 가슴이 뜨끔했다. 이 편지는 필시 소녀의 패배를 의미하는 것인데 그에게 의논 없이 소녀는 머리를 잘랐으니, 이것은 새로워진 소녀의 새로운 힘을 상징하는 것일 것이라고 간파하였다. 그러면서도 그는 눈물났다. 왜?

머리를 자를 때의 소녀의 마음이 필시 제 마음 가운데 제 손으로 제 애인을 하나 만들어 놓고 그 애인으로 하여금 저에게 머리를 자르도록 명령하게 한, 말하자면 소녀의 끝없는 고독이 소녀에게 1인 2역을 시킨 것에 틀림없었다.

소녀의 고독!

혹은 이 시합은 승부 없이 언제까지라도 계속하려나— 이렇게도 생각이 들었고— 그것보다도 싹둑 자르고 난 소녀의 얼굴— 몸 전체에서 오는 인상은 어떠할까 하는 것이 차라리 더 그에게는 흥미 깊은 우선 유혹이었다.

동생 옥희 보아라

―세상오빠들도보시오―

팔월초하룻날 밤차로 너와 네애인은 떠나는것처럼 나한테는 그래놓고 기실은 이튿날 아침차로 가버렸다.

내가 아무리 이사회에서 또 우리가정에서 어른노릇을 못하는 변변치 못한 인간이라기로서니 그래도 너이들보다야 어른이다.

「우리둘이 떨어지기 어렵소이다」

하고 내게 그야말로 「강담판(強談判)」을 했다면 낸들 또 어쩌랴. 암만

「못한다」

고 딱 거절했던일이래도 어머니나 아버지 몰래 너이둘 안동(眼同)¹⁾시켜서 쾌히 전송(餞送)할 내딴에

는 이해도 아량도 있다.

　그것을, 나까지 속이고 그랬다는것을 네장래의 행복이외의 아무것도 생각할줄모르는 네큰오빠 나로서 꽤 서운이생각한다.

　예정대로 K가 팔월초하룻날밤 북행차(北行車)로 떠난다고, 그것을 일러주려 하룻날아침에 너와K 둘이서 나를 찾아왔다. 요전날 너희둘이 의론차로 내게 왔을때 말한바와같이 K만 떠나고 옥희 너는 네큰오빠 나와 함께 K를 전송하기로 한 것인데, 또 일의순서상 일은 그렇게하는것이 옳지않았더냐,

　그것을 너는 어쩌면 그렇게 천연스러운 얼굴로

「그럼 오빠, 이따가 정차장(停車場)에 나오세요」

「암! 나가구말구, 이따 게서 만나자꾸나」

하고 헤어진것이 그게 사실로 내가 너희들을 전송한모양이되었고 또 너희둘로서 말하면 너희끼리는 미리 그렇게 짜고 그래도 내게 작별모양이 되었다.

---

1) 안동: 사람을 데리고 함께 가거나 물건을 지니고 감.

나는 고지식하게도 밤에 차시간을 맞춰서 비오는 데 정차장까지 나갔겠다. 내가 속으로 미리미리 꺼림칙이 여겨오기를

　「요것들이 필시 내앞에서 뻔지르르 하게 대답을 해놓고 뒤꽁무니로는 딴 궁리들을 차렸지!」

했더니 아니나 다를까.

　　개찰도 아직 안했는데 어째 너희둘 모양이 아니보이더라.

　「이것 필시!」 하면서도 그래도 끝까지 기다려보았으나 종시 너희둘의모양은 보이지않고 말았다. 나는 그냥 입맛을 쩍쩍 다시고 집으로 돌아왔다.

　　와서는 그래도

　「아마 K의 양복세탁이 어쩌니 어쩌니 하드니 그래저래 차시간을 못대인게지, 좌우간에 무슨 통지가 있으렸다」

하고 기다렸다.

　　못갔으면 이튿날아침에 반드시 내게 무슨통지고 통지가 있어야할터인데 역시 잠잠했다. 허허-하고 나는 주춤주춤하다가 동경서온 친구들과 그만석양

판부터 밤새도록 술을먹고말았다.

물론 옥희 네 얼굴대신에 한통의 전보가왔다. 옥희 함께 왔어도 근심말라는 K의 「독백」이구나.

나는 전보를 받아들고 차라리 회심의 미소를 금할 수없을 만하였다. 너희들의 그런 이도(利刀)가 물을 베이는듯한 용단을쾌히여긴다.

옥희야! 내게만은 아무런 불안한 생각도 가지지마라!

다만 청천벽력처럼 너를 잃어버리신 어머니 아버지께는 마음으로 잘못했습니다고 사죄하여라.

나 역시 집을나가야겠다. 열두해전 중학을나오던 열여섯살때부터 오늘까지 이 처망한욕심은 변함이 없다.

작은 오빠는 어디로 또 갔는지 들어오지 않는다.

너는 국경을넘어 지금은 이역(異域)의인(人)이다.

우리 삼남매는 모조리 어버이 공경할줄 모르는 불효자식들이다.

그러나 우리들은 이것을 그르다고 생각하지는 않는다.

갔다와야한다. 갔다 비록 못돌아오는한이 있더라도 가야한다.

너는 네 자신을 위하여서도 또 네 애인을 위하여서도 옳은일을 하였다. 열두해를두고 벼르나 남의 맏자식된 은애(恩愛)의정(情)에 이끌려선지 내위인이변변치못해그랬던지 지금껏 이땅에 머물러 굴욕의조석을 송영(送迎)하는 내가 지금 차라리 부끄럽기 짝이없다.

너희들의연애는 물론 내게만은 양해된바 있었다. K가 그인물에비겨서 지금 불우의신상이라는것도 나는 잘알고 있다.

다행히 K는 밥먹을 걱정은 안해도 좋은집안에 태어났다. 그렇다고 밥이나 먹고지내면 그만이지 하는 인간은 아니더라.

K가 내게 말한바 K의 이상이라는것을 나는 비판하지않는다. 그것도 인생의 한방도리라. 다만 그것이 어디까지든지 굴욕에서 벗어나려는일념인것이니 그렇다는이유만으로도 나는 인정해야하리라.

나는 차라리 그가 나처럼 남의맞자식임에도 불구하고 집을 사뭇떠나겠다는 「술회」에 찬성했느니라.

허허벌판에쓰러져 까마귀밥이 될지언정 이상에 살고싶구나.

그래서 K의말대로 삼년, 가있다오라고 권하다시피 한것이다.

삼년 — 삼년이라는 세월은 상사의 두사람으로서는 좀 긴것같이 생각이들더라. 그래서 옥희 너는 어떻게하고 가야하나 하는 문제가났을때나는 —

너희 두사람의교제도 일년이나 가까워오니 그만하면 서로 충분히 서로를 알았으리라. 그놈이 재상(宰相)재목(材木)이면 무엇하겠느냐, 네눈에안들면 쓸곳이없느니라. 그러니 내가 어쭙잖게 주둥이를 디밀어 이러쿵저러쿵 할계제가못되는 일이지만 —

나는 나류(流)로 그저 이러는것이 어떻겠느냐는정도로 또 그래도 네 혈족의한사람으로서 잠자코만 있을수도없고해서 —

삼년은 과연 너무기니 우선 삼년작정하고가서 한 일년있자면 웬만큼 생활의 터는잡히리라. 그렇거든

돌아와서 간단히 결혼식을하고 데려가는것이 어떠냐. 지금 이대로 결혼식을해도 좋기는좋지만 그것은 어째 결혼식을위한 결혼식같아서 안됐다. 결혼식같은것은 나야 그야 웃습게알았다. 하지만 어머니 아버지도계시고 사람들의 눈도 있고하니 그저 그까짓일로해서 남의조소를 받을것도 없는일이요—

이만큼하고나서 나는 K와너에게 번갈아 또 의사를 물었다.

K는 내말대로 그러마한다. 내년봄에는 꼭 돌아와서 남보기 흉하지않을정도로 결혼식을한다음 데려가겠다는것이다.

그러나 네말은 이와 다르다. 즉 결혼식같은것은 언제해도 좋으니 같이 나서겠다는것이다. 살아도같이살고 죽어도같이죽고 해야지 타역(他域)에가서 어떻 될는지도 모르는것을 그냥 입을 딱벌리고 돌아와서데려가기만 기다릴수없단다. 그리고 또 남자의마음 믿기도어렵고—우물안 개구리처럼 자라난 제가 고생한번 해보는것도 좋지않는냐는 네결의였다.

아직은 이사회기구가 남자표준이다. 즐거울때 같이즐기기에 여자는 좋다. 그러나 고생살이에 여자는 자칫하면 남자를 결박하는포승(捕繩)노릇을하기 쉬우니라. 그래서 어느만큼 자리가잡히도록은 K혼자 내어버려두라고 재삼 네게 다시 충고하였더니 너도 OK의 빛을 보이고 할수없이 승낙하였다. 그리고 나는 너보는데서 K에게 굳게굳게 여러가지로 다짐을 받아두었건만—

이제와서 알았다. 너희두 사람의애정에 내가 너무 조숙인데 비해서 너는 엉석으로 자라느라고 말하자면 「만숙(晚熟)」이었다. 학교시대에 인천이나 개성을 선생님께 이끌려가본일외에 너는 집밖으로 십리를 모른다. 그런데네가 지금 국경을넘어서 가 있구나생각하면 정신이 번쩍난다.

어린애로만 생각하던네가 어느틈에 그런 엄청난 어른이되었누.

부모들도 제따님들을 옛날 당신네들이 자라나던 시절 따님대접하듯했다가는 엉뚱하게 혼이 나실시대가 왔다. 오빠들이 어림없이 동생을 허명무실(虛

名無實)하게 「취급(取扱)」했다가는 코떼인시대다.
나는 그렇게느꼈다.

　나는 망치로 골통을 얻어맞은것처럼 어찔어찔한
가운데서도 네가 집을나가지않으면 안된이유를 생
각해본다.
　첫째, 너는 네애인의전부를 독점해야하겠다는 생
각이겠으니 이것이야 인력으로 좌우되는일도 아니
겠고 어쩔수도 없는일이다.
　둘째, 부모님이 너희들의연애를 쾌히 인정하려 들
지않은까닭이다.
　제자식들의 연애가 정당했을때 부모는 그연애를
인정해주어야할뿐만아니라 나아가서는 그 연애를
좋게 지도할의무가 있을터인데―
　불행히 우리어머니아버지는 늙으셔서 그러실줄을
모르신다. 네게는 이런부모를 설복(說服)할 심경의
여유(餘裕)가 없었다. 그냥 행동으로 보여주는밖에
는 없었다.
　셋째, 너는 확실치못하나마 생활이라는 인식을가

졌다. 「여자에게도 직업이있어서 경제적으로 언제든지 독립해보일실력이 있어야만한다」는것이 부모님마음에 안드는점이었다. 「돈버는것도 좋지만 기집애 몸망치기쉬우니라」는것은 부모님들의 말씀이시다.

너 혼자힘으로 암만해도 여기서 취직이안되니까 경도(京都)가서 여공노릇을하면서 사는 네동무에게 편지를하여 그리가서 같이여공이되려고까지 한일이있지.

그냥 살자니 우리집은 네양말한켤레를 마음대로 사줄수없을만치 가난하다. 이것은 네 큰오빠 내가 네게 다시없이 부끄러운일이다만—그러나 네가 한번도 나를 원망한일은 없는 것을 나는 고맙게 안다.

그런너다. K의포승이되기는커녕 족히 너도너대로 활동하면서 K를 도우리라고 나는 믿는다.

기왕 나갔다. 나갔으니 집의일에 연연하지 말고 너희들의 부끄럽지않은성공을 향하여 전심을써라. 삼년아니라 십년이라도 좋다. 패잔(敗殘)한꼴이거든 그 벌판에서 개밥이 되더라도 다시 고토(故土)를 밟을생각을마라.

나도 한번은 나가야겠다. 이흙을 굳게 지켜야할것도 잘 안다. 그러나 지켜야할직책과 나가야할직책과는 스스로 다를줄안다.

네가 나갔고 작은오빠가 나가고 또 내가 나가버린다면 늙으신부모는 누가 지키느냐고? 염려마라. 그것은 맏자식된 내일이니 내가 어떻게라도하마. 해서 안되면,—

적적한장래를위하여 불행한과거가 희생되었달뿐이겠다.

너희들이 국경을 넘던밤에 나는 주석(酒席)에서 「올림픽」보도를 듣고있었다. 우리들은 이대로 썩어서는 안된다. 당당히 이들과 열(列)하여 똑똑하게 살아야하지않겠느냐.

정신차려라!

신당리(新堂里) 버티고개밑 오동나무골 빈민굴에

는 송장이다되신 할머님과 자유로기동(起動)도못하시는 아버지와 오십평생을 고생으로 늙어쭈그러진 어머니가계시다.

네 전보를보시고 이분들이 우시었다. 너는 날이면 날마다 그먼길을 문안으로 내게 왔다. 와서 그날의 양식거리를 타갔다. 이제 누가 다니겠니.

어머니는

「내가 말(馬)을 잃어버렸구나. 이거 허전해서 어디 살겠니」

하시드라. 그날부터는 내가 다떨어진구두를 찍찍 끌고 말노릇을하는 중이다.

이런것 저런것을 비판못하시는 부모는 그저 별안간 네가 없어졌대서 눈물이 비오듯하시더라. 그것을 내가

「아 왜들 이리 야단이십니까. 아 죽어 나갔단말입니까.」

이렇게 큰소리를해가면서 무(撫)마 시켜드리기는 했으나 나 역시 한 삼년 너를 못보겠구나 생각을하니 갑자기 네가 그리웠다. 형제의우애는 떨어져봐

야 아는것이던가.

한삼년 나도 공부하마. 그래서 이 「노–말」하지못한 생활의 굴욕에서 탈출해야겠다. 그때 서로 활발한낯으로 만나자꾸나.

너도 아무쪼록 성공해서 하루라도 속히 고향으로 돌아오너라.

그야 너는 여자니까 아무때 나가도 우리집안에서 나가기는 해야할사람이지만 일이너무 그렇게 급하게 되어놓아서 어머니아버지께서 놀라셨다뿐이지, 나야 어떻겠니.

여하간 이번 너의일때문에 내가 깨달은바 많다, 나도 정신차리마.

원래가 포류지질(蒲柳之質)2)로 대륙의혹독한기후에 족히 견뎌낼는지 근심스럽구나. 특히 몸 조심을 잊어서는안된다. 우리같은 가난한계급은 이 몸뚱이

---

2) 포류지질: '갯버들 같은 체질'이란 뜻으로, 가을이 되면서 갯버들 나뭇잎이 떨어지는 것처럼 사람 체질이 허약하거나 나이보다 일찍 노쇠함을 비유하는 말.

하나가 유일최후의자산이니라.

편지하여라.

이해없는 세상에서 나만은 언제라도 네편인것을 잊지마라.

세상은 넓다. 너를 놀라게할일도 많겠거니와 또 배울것도많으리라.

이글이 실리거든「중앙」한권 사보내주마. K와같이읽고 이큰오빠이야기를 더 잘 하여두어라.

축복한다.

내가 화가를꿈꾸든시절 하루 오전(錢)받고「모델」노릇하여준 옥희, 방탕불효한 이큰오빠의단하나 이해자(理解者)인옥희, 이제는 어느덧어른이되어서 그 애인과함께 만리이역(異域)사람이된옥희, 네 장래를 축복한다.

이틀이나 걸렸다. 쓴 이글이 두서를잡기어려울줄 아니 세상의 너같은 동생을 가진여러오빠들에게도 이글을읽히고 싶은마음에 감히 발표한다. 내 애정(哀情)만을 사다고.

닷새날 아침
너를사랑하는 큰오빠 쓴다.

동해(童骸)[1]

촉각(觸角)

촉각이 이런 정경을 도해(圖解)한다.

유구한 세월에서 눈뜨니 보자, 나는 교외 정건(淨乾)한 한 방에 누워 자급자족하고 있다. 눈을 둘러 방을 살피면 방은 추억처럼 착석한다. 또 창이 어둑어둑하다.

불원간 나는 굳이 지킬 한 개 슈트케이스를 발견하고 놀라야 한다. 계속하여 그 슈트케이스 곁에 화초처럼 놓여 있는 한 젊은 여인도 발견한다.

---

1) 동해: 동해(童孩)를 섬뜩한 느낌을 주기 위해 일부러 음이 같은 동해(童骸)로 파자(破字)한 것.

나는 실없이 의아하기도 해서 좀 쳐다보면 각시가 방긋이 웃는 것이 아니냐. 하하, 이것은 기억에 있다. 내가 열심으로 연구한다. 누가 저 새악시를 사랑하던가! 연구중에는,

"저게 새벽일까? 그럼 저묾일까?"

부러 이런 소리를 했다. 여인은 고개를 끄덕끄덕한다. 하더니 또 방긋이 웃고 부스스 오월 철에 맞는 치마저고리 소리를 내면서 슈트케이스를 열고 그 속에서 서슬이 퍼런 칼을 한 자루만 꺼낸다.

이런 경우에 내가 놀라는 빛을 보이거나 했다가는 뒷갈망하기가 좀 어렵다. 반사적으로 그냥 손이 목을 눌렀다 놓았다 하면서 제법 천연스럽게,

"님재는 자객입니까요?"

서투른 서도(西道) 사투리다. 얼굴이 더 깨끗해지면서 가느다랗게 잠시 웃더니, 그것은 또 언제 갖다 놓았던 것인지 내 머리맡에서 나쓰미캉2)을 집어다가 그 칼로 싸각싸각 깎는다.

---

2) 나쓰미캉: 귤의 종류. 크기가 귤보다 크고 신맛이 강하다.

"요곳 봐라!"

내 입 안으로 침이 쫘르르 돌더니 불현듯이 농담이 하고 싶어 죽겠다.

"가시내애요, 날쫌 보이소, 나캉 결혼할랑기요? 맹서듸나? 듸제?"

또,

"융(尹)이 날로 패아 주뭉 내사 고마 마자 주울란다. 그람 늬능 우앨랑가? 잉?"

우리들이 맛있게 먹었다. 시간은 분명히 밤에 쏟아져 들어온다. 손으로 손을 잡고,

"밤이 오지 않고는 결혼할 수 없으니까."

이렇게 탄식한다. 기대하지 않은 간지러운 경험이다.

낄낄낄낄 웃었으면 좋겠는데— 아— 결혼하면 무엇 하나, 나 따위가 생각해서 알 일이 되나? 그러나 재미있는 일이로다.

"밤이지요?"

"아—냐."

"왜— 밤인데— 애— 우습다— 밤인데 그러네."

"아—냐, 아—냐."

"그러지 마세요, 밤이에요."

"그럼 뭐, 결혼해야 허게."

"그럼요—"

"히히히히—"

결혼하면 나는 임(姙)이를 미워한다. 윤? 임이는 지금 윤한테서 오는 길이다. 윤이 내어대었단다. 그래 보는 거다. 그런데 임이가 채 오해했다. 정말 그러는 줄 알고 울고 왔다.

'애개— 밤일세.'

"어떡허구 왔누."

"건 알아 뭐 허세요?"

"그래두."

"제가 버리구 왔에요."

"족히?"

"그럼요!"

"히히."

"절 모욕하지 마세요."

"그래라."

일어나더니—나는 지금 이러한 임이를 좀 묘사해

야겠는데, 최소한도로 그 차림차림이라도 알아 두어야겠는데—임이 슈트케이스를 뒤집어엎는다. 왜 저러누— 하면서 보자니까 야단이다. 죄다 파헤치고 무엇인지 찾는 모양인데 무엇을 찾는지 알아야 나도 조력을 하지, 저렇게 방정만 떠니 낸들 손을 대일 수가 있나, 내버려두었다가도 참다못해서,

"거 뭘 찾누?"

"엉- 엉- 반지— 엉- 엉-"

"원 세상에, 반진 또 무슨 반진구."

"결혼 반지지."

"옳아, 옳아, 옳아, 응, 결혼 반지렷다."

"아이구 어딜 갔누, 요게, 어딜 갔을까."

결혼 반지를 잊어버리고 온 신부, 라는 것이 있을까? 가소롭다. 그러나 모르는 말이다, 라는 것이 반지는 신랑이 준비하라는 것인데—그래서 아주 아는 척하고,

"그건 내 슈트케이스에 들어 있는 게 원칙적으로 옳지!"

"슈트케이스 어딨에요?"

"없지!"

"쯧, 쯧."

나는 신부 손을 붙잡고,

"이리 좀 와봐."

"아야, 아야, 아이, 그러지 마세요, 노세요."

하는 것을 잘 달래서 왼손 무명지에다 털붓으로 쌍줄 반지를 그려 주었다. 좋아한다. 아무것도 낑기운 것은 아닌데 제법 간질간질한 게 천연 반지 같단다.

전연 결혼하기 싫다. 트집을 잡아야겠기에,

"몇 번?"

"한 번."

"정말?"

"꼭."

이래도 안 되겠고 간발(間髮)을 놓지 말고 다른 방법으로 고문을 하는 수밖에 없다.

"그럼 윤 이외에?"

"하나."

"예이!"

"정말 하나예요."

"말 마라."

"둘."

"잘 헌다."

"셋."

"잘 헌다, 잘 헌다."

"넷."

"잘 헌다, 잘 헌다, 잘 헌다."

"다섯."

속았다. 속아넘어갔다. 밤은 왔다. 촛불을 켰다. 껐다. 즉 이런 가짜 반지는 탄로가 나기 쉬우니까 감춰야 하겠기에 꺼도 얼른 켰다. 밤이 오래 걸려서 밤이었다.

패배(敗北) 시작

이런 정경은 어떨까? 내가 이발소에서 이발을 하는 중에―

이발사는 낯익은 칼을 들고 내 수염 많이 난 턱을

치켜든다.

"님재는 자객입니까?"

하고 싶지만 이런 소리를 여기 이발사를 보고도 막 한다는 것은 어쩐지 아내라는 존재를 시인하기 시작한 나로서 좀 양심에 안된 일이 아닐까 한다.

싹둑, 싹둑, 싹둑, 싹둑.

나쓰미캉 두 개 외에는 또 무엇이 채용이 되었던가. 암만해도 생각이 나지 않는다. 무엇일까.

그러다가 유구한 세월에서 쫓겨나듯이 눈을 뜨면, 거기는 이발소도 아무 데도 아니고 신방이다. 나는 엊저녁에 결혼했단다.

창으로 기웃거리면서 참새가 그렇게 의젓스럽게 싹둑거리는 것이다. 내 수염은 조금도 없어지진 않았고.

그러나 큰일난 것이 하나 있다. 즉 내 곁에 누워서 보통 아침잠을 자고 있어야 할 신부가 온데간데가 없다. 하하, 그럼 아까 내가 이발소 결상에 누워 있던 것이 그쪽이 아마 생시더구나, 하다가도 또 이렇게까지 역력한 꿈이라는 것도 없을 줄 믿고 싶다.

속았나 보다. 밑진 것은 없다고 하지만 그 동안에 원 세월은 얼마나 유구하게 흘렀을까 그렇게 생각을 하고 보니까 어저께 만난 윤이 만난 지가 바로 몇 해나 되는 것도 같아서 익살맞다. 이것은 한번 윤을 찾아가서 물어 보아야 알 일이 아닐까, 즉 내가 자네를 만난 것이 어제 같은데 실로 몇 해나 된 세음인가, 필시 내가 임이와 엊저녁에 결혼한 것 같은 착각이 있는데 그것도 다 허망된 일이렷다. 이렇게—

그러나 다음 순간 일은 더 커졌다. 신부가 홀연히 나타난다. 오월철로 치면 좀 더웁지나 않을까 싶은 양장으로 차렸다. 이런 임이와는 나는 면식이 없는 것이다.

그러나 그뿐인가 단발이다. 혹 이이는 딴 아낙네가 아닌지 모르겠다. 단발 양장의 임이란 내 친근(親近)에는 없는데, 그럼 이렇게 서슴지 않고 내 방으로 들어올 줄 아는 남이란 나와 어떤 악연(惡緣)일까?

가시내는 손을 톡톡 털더니,

"갖다 버렸지."

이렇다면 임이는 틀림없나 보니 안심하기로 하고,

"뭘?"

"입구 웅 거."

"입구 웅 거?"

"입고 웅 게 치마저고리지 뭐예요?"

"건 어째 내다버렸다능 거야."

"그게 바로 그거예요."

"그게 그거라니?"

"어이 참, 아, 그게 바로 그거라니까 그래."

초가을옷이 늦은 봄옷과 비슷하렷다. 임의 말을 가량(假量) 신용하기로 하고 임이가 단 한 번 윤에게—

가만있자, 나는 잠시 내 신세에 대해서 석명(釋明)해야 할 것 같다. 나는 이를테면 적지않이 참혹하다. 나는 아마 이 숙명적 업원(業冤)을 짊어지고 한평생을 내리 번민해야 하려나 보다. 나는 형상 없는 모던 보이다. 라는 것이 누구든지 내 꼴을 보면 돌아서고 싶을 것이다. 내가 이래봬도 체중이 십사 관

(貫)이나 있다고 일러 드리면 귀하는 알아차리시겠소? 즉 이 척신(瘠身)이 총알을 집어 먹었기로니 좀처럼 나기 어려운 동굴을 보이는 것은 말하자면 나는 전혀 뇌수에 무게가 있다. 이것이 귀하가 나를 겁낼 중요한 비밀이외다.

그러니까—

어차어피(於此於彼)에 일은 운명에 파문이 없는 듯이 이렇게까지 전개하고 말았으니 내 목적이라는 것을 피력할 필요도 있는 것 같다. 그러면—

윤, 임이 그리고 나,

누가 제일 미운가, 즉 나는 누구 편이냐는 말이다.

어쩔까. 나는 한 번만 똑똑히 말하고 싶지만 또한 그만두는 것이 옳은가도 싶으니 그럼 내 예의와 풍봉(風丰)을 확립해야겠다.

지난 가을 아니 늦은 여름 어느 날—그 역사적인 날짜는 임이 잘 기억하고 있을 것이다만—나는 윤의 사무실에서 이른 아침부터 와 앉아 있는 임이의 가련한 좌석을 발견한 것이다. 그러나 그것은 온 것이 아니라 가는 길인데 집의 아버지가 나가 갔다고

야단치실까 봐 무서워서 못 가고 그렇게 앉아 있는 것을 나는 일찌감치도 와 앉았구나 하고 문득 오해한 것이다. 그때 그 옷이다.

같은 슈미즈, 같은 드로즈, 같은 머리쪽, 한 남자 또 한 남자.

이것은 안 된다. 너무나 어색해서 급히 내다버린 모양인데 나는 좀 엄청나다고 생각한다. 대체 나는 그런 부유한 이데올로기를 마음놓고 양해하기 어렵다.

그뿐 아니다. 첫째 나의 태도 문제다. 그 시절에 나는 무엇을 하고 세월을 보냈더냐? 내게는 세월조차 없다. 나는 들창이 어둑어둑한 것을 드나드는 안집 어린애에게 일 전씩 주어 가면서 물었다.

"얘, 아침이냐, 저녁이냐."

나는 또 무엇을 먹고 살았는지 생각이 나지 않는다. 이슬을 받아 먹었나? 설마.

이런 나에게 임이는 부질없이 체면을 차리려 든 것이다. 가련하다.

그런데 이상한 것은 그 시절에 나는 제가 배가 고픈지 안 고픈지를 모르고 지냈다면 그것이 듣는 사람을 능히 속일 수 있나. 거짓부렁이리라. 나는 걷잡을 수 없이 피부로 거짓부렁이를 해버릇하느라고 인제는 저도 눈치채지 못하는 틈을 타서 이렇게 허망한 거짓부렁이를 엉덩방아 찧듯이 해넘기는 모양인데, 만일 그렇다면 나는 큰일났다.

그러기에 사실 오늘 아침에는 배가 고프다. 이것으로 미루면 아까 임이가 스커트, 슬립, 드로즈 등속을 모조리 내다버리고 들어왔더라는 소개조차가 필연 거짓말일 것이다. 그것은 내 인색(吝嗇)한 애정의 타산이 임이더러,

"너 왜 그러지 않았더냐."

하고 암암리에 통명? 심술을 부려 본 것일 줄 나는 믿는다.

그러나 발음 안 되는 글자처럼 생동생동한 임이는 내 손톱을 열심으로 깎아 주고 있다.

'맹수가 가축이 되려면 이 흉악한 독아(毒牙)를 전단(剪斷)해 버려야 한다.'

는 미술적인 권유에 틀림없다. 이런 일방 나는 못났게도,

"아이 배고파."

하고 여지없이 소박한 얼굴을 임이에게 디밀면서 아침이냐 저녁이냐 과연 이것만은 묻지 않았다.

신부는 어디까지든지 귀엽다. 돋보기를 가지고 보아도 이 가련한 일타화(一朶花)[3]의 나이를 알아내기는 어려우리라. 나는 내 실망에 수비하기 위하여 열일곱이라고 넉넉잡아 준다. 그러나 내 귀에다 속삭이기를,

"스물두 살이라나요. 어림없이 그러지 마세요. 그만하면 알 텐데 부러 그러시지요?"

이 가련한 신부가 지금 적수공권(赤手空拳)으로 나갔다. 내 짐작에 쌀과 나무와 숯과 반찬거리를 장만하러 나간 것일 것이다.

그 동안 나는 심심하다. 안집 어린아기 불러서 같이 놀까. 하고 전에 없이 불렀더니 얼른 나와서 내 방 미닫이를 열고,

"아침이에요."

---

3) 일타화: 한 떨기 꽃.

그런다. 오늘부터 일 전 안 준다. 나는 다시는 이 어린애와는 놀 수 없게 되었구나 하고 나는 할 수 없어서 덮어놓고 성이 잔뜩 난 얼굴을 해보이고는 빼치듯이 방 미닫이를 딱 닫아 버렸다. 눈을 감고 가슴이 두근두근하자니까, 으아 하고 그 어린애 우는 소리가 안마당으로 멀어 가면서 들려 왔다. 나는 오랫동안을 혼자서 덜덜 떨었다. 임이가 돌아오니까 몸에서 우윳내가 난다. 나는 서서히 내 활력을 정리하여 가면서 임이에게 주의한다. 똑 갓난아기 같아서 썩 좋다.

"목장까지 갔다 왔지요."

"그래서?"

카스텔라와 산양유(山羊乳)를 책보에 싸가지고 왔다. 집시족 아침 같다.

그리고 나서도 나는 내 본능 이외의 것을 지껄이지 않았나 보다.

"어이, 목말라 죽겠네."

대개 이렇다.

이 목장이 가까운 교외에는 전등도 수도도 없다.

수도 대신에 펌프.

　물을 길러 갔다 오더니 운다. 우는 줄만 알았더니 웃는다. 조런—하고 보면 눈에 눈물이 글썽글썽하다. 그러고도 웃고 있다.

　"고개 누우 집 아일까. 아, 쪼꾸망 게 나더러 너 담발했구나, 핵교 가니? 그리겠지, 고개 나알 제 동무루 아아나 봐, 참 내 어이가 없어서, 그래, 난 안 간단다 그랬더니, 요게 또 헌다는 소리가 나 발 씻게 물 좀 끼얹어 주려무나 애, 아주 이리겠지, 그래 내 물을 한 통 그냥 막 좍좍 끼얹어 주었지, 그랬더니 너두 발 씻으래, 난 이따가 씻는단다 그러구 왔어, 글쎄, 내 기가 맥혀."

　누구나 속아서는 안 된다. 햇수로 여섯 해 전에 이 여인은 정말이지 처녀대로 있기는 성가셔서 말하자면 헐값에 즉 아무렇게나 내어 주신 분이시다. 그 동안 만 오 개년 이분은 휴게(休憩)라는 것을 모른다. 그런 줄 알아야 하고 또 알고 있어도 나는 때마침 변덕이 나서,

　"가만있자, 거 얼마 들었더라?"

나쓰미캉이 두 개에 제아무리 비싸야 이십 전, 옳
지 깜빡 잊어버렸다. 초 한 가락에 이십 전, 카스텔
라 이십 전, 산양유는 어떻게 해서 그런지 그저,

"사십삼 전인데."

"어이쿠."

"어이쿠는 뭐이 어이쿠예요."

"고놈이 아무 수로두 제해지질 않는군 그래."

"소수(素數)?"

옳다.

신통하다.

"신통해라!"

걸입 반대(乞入反對)

이런 정경마저 불쑥 내어놓는 날이면 이번 복수
(復讐) 행위는 완벽으로 흐지부지하리라. 적어도 완
벽에 가깝기는 하리라.

한 사람의 여인이 내게 그 숙명을 공개해 주었다

면 그렇게 쉽사리 공개를 받은―참회를 듣는 신부 같은 지위에 있어서 보았다고 자랑해도 좋은―나는 비교적 행복스러웠을는지도 모른다. 그러나 나는 어디까지든지 약다. 약으니까 그렇게 거저 먹게 내 행복을 얼굴에 나타내거나 하지는 않는다는 것이다.

이와 같은 로직을 불언실행(不言實行)하기 위하여서만으로도 내가 그 구중중한 수염을 깎지 않은 것은 지당한 중에도 지당한 맵시일 것이다.

그래도 이 우둔한 여인은 내 얼굴에 더덕더덕 붙은 바 추(醜)를 지적하지 않는다. 그것은 두말할 것도 없이 그 숙명을 공개하던 구실도 헛되거니와 그 여인의 애정이 부족한 탓이리라. 아니 전혀 없다.

나는 바른 대로 말하면 애정 같은 것은 희망하지도 않는다. 그러니까 내가 결혼한 이튿날 신부를 데리고 외출했다가 다행히 길에서 그 신부를 잃어버렸다고 하자. 내가 그럼 밤잠을 못 자고 찾을까. 그때 가령 이런 엄청난 글발이 날아들어 왔다고 내가 은근히 희망한다.

'소생이 모월 모일 길에서 주운 바 소녀는 귀하의

신부임이 확실한 듯하기에 통지하오니 찾아가시오.'

그래도 나는 고집을 부리고 안 간다. 발이 있으면 오겠지, 하고 나의 염두에는 그저 왕양(汪洋)한 자유가 있을 뿐이다.

돈지갑을 어느 포켓에다 넣었는지 모르는 사람만이 용이하게 돈지갑을 잃어버릴 수 있듯이, 나는 길을 걸으면서도 결코 신부 임이에 대하여 주의를 하지 않기로 주의한다. 또 사실 나는 좀 편두통이다. 오월의 교외 길은 좀 눈이 부셔서 실없이 어찔어찔하다.

주마가편(走馬加鞭)

이런 느낌이다.

임이는 결코 결혼 이튿날 걷는 길을 앞서지 않으니 임이로 치면 이날 사실 가볼 만한 데가 없다는 것일까. 임이는 그럼 뜻밖에도 고독하던가.

닫는 말에 한층 채찍을 내리우는 형상, 임이의 작

은 보폭이 어디 어느 지점에서 졸도를 하나 보고 싶기도 해서 좀 심청맞으나 자분참 걸었던 것인데—

아니나다를까? 떡 없다.

내 상식으로 하면 귀한 사람이 가축을 끌고 소요하려 할 때 으레 가축이 앞선다는 것이다.

앞서 가는 내가 놀라야 하나. 이 경우에 그러면 그렇지 하고 까딱도 하지 않아야 더 점잖은가.

아직은? 했건만도. 어언간 없어졌다.

나는 내 고독과 내 노년을 생각하고 거기는 은행 벽 모퉁이인 것도 채 인식하지도 못하는 중 서서 그래도 서너 번은 뒤 혹은 양곁을 둘러보았다. 단발 양장의 소녀는 마침 드물다.

'이만하면 유실이군?'

닥쳐와야 할 일이 척 닥쳐왔을 때 나는 내 갈팡질팡 하는 육신을 수습해야 한다. 그러나 임이는 은행 정문으로부터 마술처럼 나온다. 하이힐이 아까보다는 사뭇 무거워 보이기도 하는데, 이상스럽지는 않다.

"십 원째리를 죄다 십 전째리루 바꿨지, 이거 좀 봐, 이망큼이야, 주머니에다 느세요."

주마가편이라는 상쾌한 내 어휘에 드디어 슬럼프가 왔다는 것이다.

나는 기뻐하지 않는다. 그렇다고 대담하게 그럴 성싶은 표정을 이 소녀 앞에서 하는 수는 없다. 그래서 얼른,

SEUVENIR![4]

균형된 보조가 똑같은 목적을 향하여 걸었다면 곁으로 보기에 친화하기도 하련만, 나는 내 마음에 인내를 명령하여 놓고 패러독스에 의한 복수에 착수한다. 얼마나 요런 암상은 참나? 계산은 말잔다.

애정은 애초부터 없었다는 증거!

그러나 내 입에서 복수라는 말이 떨어진 이상 나만은 내 임이에게 대한 애정을 있다고 우길 수 있는 것이다.

보자! 얼마간 피곤한 내 두 발과 임이의 한 켤레 하이힐이 윤의 집 문간에 가 서게 되었는데도 깜찍스럽게 임이가 성을 안 낸다. 안차고 겸하여 다라지

---

4) SEUVENIR: souvenir의 오식. 기억, 추억, 기념품, 비망록의 뜻을 가짐.

기도 하다.

윤은 부재요, 그러면 내가 뜻하지 않고 임이의 안색을 살필 기회가 온 것이기에,

'P. M. 다섯시까지 따이먼드5)로 오기를.'

이렇게 적어서 안잠자기에게 전하고 흘낏 임을 노려보았더니—

얼떨결에 색소가 없는 혈액이라는 설명 할 수사학(修辭學)을 나는 내가 마치 임이 편인 것처럼 민첩하게 찾아 놓았다.

폭풍이 눈앞에 온 경우에도 얼굴빛이 변해지지 않는 그런 얼굴이야말로 인간고(人間苦)의 근원이리라. 실로 나는 울창한 삼림 속을 진종일 헤매고 끝끝내 한 나무의 인상을 훔쳐 오지 못한 환각의 인(人)이다. 무수한 표정의 말뚝이 공동묘지처럼 내게는 똑같아 보이기만 하니 멀리 이 분주한 초조를 어떻게 점잔을 빼어서 구하느냐.

따이먼드 다방 문 앞에서 너무 머뭇머뭇하느라고

5) 따이먼드: 다방 이름.

들어가지 못하고 말기는 처음이다. 윤이 오면—따이먼드 보이녀석은 윤과 임이 여기서 그늘을 사랑하는 부부인 것까지도 알고, 하니까 나는 다시 내 필적을,

'P. M. 여섯시까지 집으로 저녁을 토식(討食)하러 가리로다. 물경(勿驚) 부처(夫妻).'

주고 나왔다. 나온 것은 나왔다뿐이지,

DOUGHTY DOG(용감한 개)

이라는 가증(可憎)한 장난감을 살 의사는 없다. 그것은 다만 십 원짜리 체인지(환전)와 아울러 임이의 분간 못 할 천후(天候)에서 나온 경중의 도박이리라.

여섯시에 일어난 사건에서 나는 완전히 실각했다.

가령—(내가 윤더러)

"아아 있군그래, 따이먼드에 갔던가, 게다 여섯시에 오께 밥 달라구 적어 났는데 밥이라면 술이 붙으렷다."

"갔지, 가구말구, 밥은 예펜네가 어딜 가서 아직 안 됐구, 술은 미리 먹구 왔구."

첫째 윤은 따이먼드까지 안 갔다. 고 안잠자기 말

이 아이구 뎅겨가신 지 오 분두 못 돼서 드로세서 여태 기대리셨는데요—P. M. 다섯시는 즉 말하자면 나를 힘써 만날 것이 없다는 태도다.

"대단히 교만하다."

이러려다 그만두어야 했다. 나는 그 대신 배를 좀 불쑥 앞으로 내어밀고,

"내 아내를 소개허지, 이름은 임이."

"아내? 허— 착각을 일으켰군그래, 내 짐작 같애서는 그게 내 아내 비슷두 헌데!"

"내가 더 미안헌 말 한마디만 허까, 이 따위 서 푼째리 소설을 쓰느라고 내가 만년필을 쥐이지 않았겠나, 추억이라는 건 요컨대 이 만년필망큼두 손에 직접 잽히능 게 아니란 내 학설이지, 어때?"

"먹다 냉길 걸 몰르구 집어먹었네그려. 자넨 자고로 귀족 취미는 아니라니까, 아따 자네 위생이 부족헌 체허구 그저 그대루 견디게그려, 내게 암만 퉁명을 부려야 낸들 또 한번 줬다 버린 만년필을 인제 와서 어쩌겠나."

내 얼굴은 담박 잠잠하다. 할 말이 없다. 핑계삼아

내 포켓에서,

DOUGHTY DOG

을 꺼내 놓고 스프링을 감아 준다. 한 마리의 그레이하운드가 제 몸집만이나 한 구두 한 짝을 물고 늘어져서 흔든다. 죽도록 흔들어도 구두는 구두대로 개는 개대로 강철의 위치를 변경하는 수가 없는 것이 딱하기가 짝이 없고 또 내가 더럽다.

DOUGHTY

는 더럽다는 말인가. 초조하다는 말인가. 이 글자의 위압에 참 나는 견딜 수 없다.

"아닝게아니라 나두 깜짝 놀랐네, 놀란 것이 지애가(안잠자기가) 내 뎅겨 두로니까 헌다는 소리가, 한 마흔댓 되는 이가 열칠팔 되는 시액시를 데리구 날 찾어왔더라구, 딸 겉기두 헌데 또 첩 겉기두 허더라구, 종잇조각을 봐두 자네 이름을 안 썼으니 누군지 알 수 없구, 덮어놓구 따이먼드루 찾어갔다가 또 혹시 실수허지나 않을까 봐, 예끼 그만 내버려뒤라 제눔이 누구등 간에 날 보구 싶으면 찾어오겠지 허구 기대리든 차에, 하하 이건 좀 일이 제대루 되질 않은 것 겉기두 허예 어째."

나는 좋은 기회에 임이를 한번 어디 돌아다보았다. 어족(魚族)이나 다름없이 뭉툭한 채 그 이 두 남자를 건드렸다 말았다 한 손을 솜씨있게 놀려,

　　　DOUGHTY DOG

스프링을 감아 주고 있다. 이것이 나로서 성화가 날 일이 아니면 죄(罪) 시인이다. 아- 아-

나는 아- 아- 하기를 면하고 싶어도 다음에 내 무너져 들어가는 육체를 지지(支持)할 수 있는 말을 할 수 있도록 공부하지 않고는 이 구중중한 아- 아-를 모른 체할 수는 없다.

명시(明示)

여자란 과연 천혜(天惠)처럼 남자를 철두철미 쳐다보라는 의무를 사상의 선결조건으로 하는 탄성체던가.

다음 순간 내 최후의 취미가,

"가축은 인제는 싫다."

이렇게 쾌히 부르짖은 것이다.

나는 모든 것을 망각의 벌판에다 내다던지고 얄따란 취미 한풀만을 질질 끌고 다니는 자기 자신 문지방을 이제는 넘어 나오고 싶어졌다.

우환!

유리 속에서 웃는 그런 불길한 유령의 웃음은 싫다. 인제는 소리를 가장 쾌활하게 질러서 손으로 만지려면 만져지는 그런 웃음을 웃고 싶은 것이다. 우환이 있는 것도 아니요, 우환이 없는 것도 아니요, 나는 심야의 차도에 내려선 초연한 성격으로 이런 속된 혼탁에서 돌아 서 보았으면—

그러기에는 이번에 적잖이 기술을 요했다. 칼로 물을 베듯이,

"아차! 나는 T가 월급이군그래, 잊어버렸구나(하건만 나는 덜 배알아 놓은 것이 혀에 미꾸라지처럼 걸려서 근질근질한다. 윤은 혹은 식물과 같이 인문(人文)을 떠난 방탄 조끼를 입었나)! 그러나 윤! 들어 보게, 자네가 모조리 핥았다는 임이의 나체는 그

건 임이가 목욕할 때 입는 비누 드레스나 마찬가질 세! 지금 아니! 전무후무하게 임이 벌거숭이는 내게 독점된 걸세, 그리게 자넨 그만큼 해두구 그 병정 구두 겉은 교만을 좀 버리란 말일세, 알아듣겠나.”

윤은 낙조(落照)를 받은 것처럼 얼굴이 불콰하다. 거기 조소가 지방처럼 윤이 나서 만연하는 것이 내 전투력을 재채기시킨다.

윤은 내가 불쌍하다는 듯이,

“내가 이만큼꺼지 사양허는데 자네가 공연히 자 꾸 그러면 또 모르네, 내 성가셔서 자네 따귀 한 대 쯤 갈길는지두.”

이런 어리석어 빠진 논쟁을 왜 내게 재판을 청하 지 않느냐는 듯이 그레이하운드가 구두를 기껏 흔 들다가 그치는 것을 보아 임이는 무용의 어떤 포즈 같은 손짓으로,

“지이가 됴스의 여신입니다. 둘이 어디 모가질 한 번 바꿔 붙여 보시지요. 안 되지요? 그러니 그만들 두시란 말입니다. 윤헌테 내어준 육체는 거기 해당 한 정조가 법률처럼 붙어 갔던 거구요, 또 지이가

어저께 결혼했다구 여기두 여기 해당한 정조가 따라왔으니까 뽐낼 것두 없능 거구, 질투헐 것두 없능 거구, 그러지 말구 겉은 선수끼리 악수나 허시지요, 네?"

윤과 나는 악수하지 않았다. 악수 이상의 통봉(痛棒)이 윤은 몰라도 적어도 내 위에는 내려앉았는 것이니까. 이것은 여기 앉았다가 뱀댕이처럼 납작해질 징조가 아닌가. 겁이 차츰차츰 나서 나는 벌떡 일어나면서 들창 밖으로 침을 탁 배앝을까 하다가 자분참,

"그렇지만 자네는 만금을 기울여두 이젠 임이 나체 스냅 하나 보기두 어려울 줄 알게. 조끔두 사양헐 게 없이 국으루 나허구 병행해서 온전한 정의를 유지허능 게 어떻가?"
하니까,

"이착(二着) 열 번 헌 눔이 아무래두 일착 단 한 번 헌 눔 앞에서 고갤 못 드는 법일세, 자네두 그만헌 예의쯤 분간이 슬 듯헌데 왜 그리 바들짝바들짝 허나 웅? 그러구 그 만금이니 만만금이니 허능 건 또 다 뭔가? 나라는 사람은 말일세 자세 듣게, 여자

가 날 싫여하면 헐수록 좋아하는 체허구 쫓아댕기다가두 그 여자가 섣불리 그럼 허구 좋아허는 낯을 단 한 번 허는 날에는, 즉 말허자면 마즈막 물건을 단 한 번 건드리구 난 다음엔 당장 눈앞에서 그 여자가 싫여지는 성질일세, 그건 자네가 아주 바루 정의가 어쩌니 허지만 이거야말루 내 정의에서 우러나오는 걸세. 대체 난 나버덤 낯은 인간이 싫으예. 여자가 한번 제 마즈막 것을 구경시킨 다음엔 열이면 열 백이면 백, 밑으루 내려가서 그 남자를 쳐다보기 시작이거든, 난 이게 견딜 수 없게 싫단 그 말일세."

나는 그제는 사뭇 돌아섰다. 그만큼 정밀한 모욕에는 더 견디기 어려워서.

윤은 새로 담배에 불을 붙여 물더니 주머니를 뒤적뒤적한다. 나를 살해하기 위한 흉기를 찾는 것일까. 담뱃불은 이미 붙었는데—

"여기 십 원 있네. 가서 가난헌 T군 졸르지 말구 자네가 T군헌테 한잔 사주게나. 자넨 오늘 그 자네서 푼째리 체면 때문에 꽤 우울해진 모양이니 자네

소위 신부허구 같이 있다가는 좀 위험헐걸, 그러니까 말일세 그 신부는 내 오늘 같이 키네마(시네마)루 모시구 갈 테니 안헐말루 잠시 빌리게, 응? 왜 맘이 꺼림칙헝가?"

"너무 세밀허게 내 행동을 지정하지 말게, 하여간 난 혼자 좀 나가야겠으니 임이, 윤군허구 키네마 가지 응, 키네마 좋아허지 왜."

하고 말끝이 채 맺기 전에 임이 뾰루퉁하면서―

"임이 남편을 그렇게 맘대루 동정허거나 자선하거나 헐 권리는 남에겐 더군다나 없습니다. 자― 그거 받아서는 안 됩니다. 여깄에요."

하고 내어놓은 무수한 십 전짜리.

"하 하 야 이것 봐라."

윤은 담뱃불을 재떨이에다 벌레 죽이듯이 꼭꼭 이기면서 좀처럼 웃음을 얼굴에서 걷지 않는다. 나도 사실 속으로,

'하 하 야 요것 봐라.'

안 한 것이 아니다. 그러나 나도 웃어 보였다. 그리고는 임의 등을 어루만져 주고 그 백동화를 한움

큼 주머니에 넣고 그리고 과연 윤의 집을 나서는 길이다.

"이따 파힐 임시 해서 내 키네마 문 밖에서 기다리지, 어디지?"

"단성사. 헌데 말이 났으니 말이지 난 오늘 친구헌테 술값 꿔주는 권리를 완전히 구속당했능걸! 어! 쯧 쯧."

적어도 백보 가량은 앞이 매음을 돌았다. 무던히 어지러워서 비칠비칠하기까지 한 것을 나는 아무에게도 자랑할 수는 없다.

TEXT(원본)

"불장난─정조 책임이 없는 불장난이면? 저는 즐겨 합니다. 저를 믿어 주시나요? 정조 책임이 생기는 나잘에 벌써 이 불장난의 기억을 저의 양심의 힘이 말살하는 것입니다. 믿으세요."

평(評)─이것은 분명히 다음에 서술되는 같은 임

이의 서술 때문에 임이의 영리한 거짓부렁이가 되고 마는 일이다. 즉,

"정조 책임이 있을 때에도 다음 같은 방법에 의하여 불장난은—주관적으로만이지만—용서될 줄 압니다. 즉 아내면 남편에게, 남편이면 아내에게, 무슨 특수한 전술로든지 감쪽같이 모르게 그렇게 스무드하게 불장난을 하는데 하고 나도 이렇달 형적을 꼭 남기지 말아야 한다는 것입니다. 네?

그러나 주관적으로 이것이 용납되지 않는 경우에 하였다면 그것은 죄요 고통일 줄 압니다. 저는 죄도 알고 고통도 알기 때문에 저로서는 어려울까 합니다. 믿으시나요? 믿어 주세요."

펑—여기서도 끝으로 어렵다는 대문 부근이 분명히 거짓부렁이라는 것이다. 그것은 역시 같은 임이의 필적, 이런 잠재의식, 탄로 현상에 의하여 확실하다.

"불장난을 못 하는 것과 안 하는 것과는 성질이 아주 다릅니다. 그것은 컨디션 여하에 좌우되지는 않겠지요. 그러니 어떻다는 말이냐고 그러십니까.

일러 드리지요. 기뻐해 주세요. 저는 못 하는 것이 아니라 안 하는 것입니다.

자각된 연애니까요.

안 하는 경우에 못 하는 것을 관망하고 있노라면 좋은 어휘가 생각납니다. 구토. 저는 이것은 견딜 수 없는 육체적 형벌이라고 생각합니다. 온갖 자연 발생적 자태가 저에게는 어째 유취만년(乳臭萬年)의 넝맛조각 같습니다. 기뻐해 주세요. 저를 이런 원근법에 좇아서 사랑해 주시기 바랍니다."

평―나는 싫어도 요만큼 다가선 위치에서 임이를 설유(設喩)하려 드는 대시의 자세를 취소해야 하겠다. 안 하는 것은 못 하는 것보다 교양, 지식 이런 척도로 따져서 높다. 그러나 안 한다는 것은 내가 빚어 내는 기후 여하에 빙자해서 언제든지 아무 겸손이라든가 주저없이 불장난을 할 수 있다는 조건부 계약을 차도 복판에 안전지대 설치하듯이 강요하고 있는 징조에 틀림은 없다.

나 스스로도 불쾌할 에필로그로 귀하들을 인도하기 위하여 다음과 같은 박빙을 밟는 듯한 회화(會

話)를 조직하마.

"너는 네 말마따나 두 사람의 남자 혹은 사실에 있어서는 그 이상 훨씬 더 많은 남자에게 내주었던 육체를 걸머지고 그렇게도 호기 있게 또 정정당당하게 내 성문을 틈입(闖入)할 수가 있는 것이 그래 철면피가 아니란 말이냐?"

"당신은 무수한 매춘부에게 당신의 그 당신 말마따나 고귀한 육체를 염가로 구경시키셨습니다. 마찬가지지요."

"하하! 너는 이런 사회조직을 깜박 잊어버렸구나. 여기를 너는 서장(西藏)[6]으로 아느냐, 그렇지 않으면 남자도 포유(哺乳)행위를 하던 피데칸트로푸스(직립 원인) 시대로 아느냐. 가소롭구나. 미안하오나 남자에게는 육체라는 관념이 없다. 알아듣느냐?"

"미안하오나 당신이야말로 이런 사회조직을 어째 급속도로 역행하시는 것 같습니다. 정조라는 것은 일대일의 확립에 있습니다. 약탈 결혼이 지금도 있

---

6) 서장: 중국 티베트 지방.

는 줄 아십니까?"

"육체에 대한 남자의 권한에서의 질투는 무슨 걸 렛조각 같은 교양 나부랭이가 아니다. 본능이다. 너는 이 본능을 무시하거나 그 치기만만한 교양의 장갑으로 정리하거나 하는 재주가 통용될 줄 아느냐?"

"그럼 저도 평등하고 온순하게 당신이 정의하시는 '본능'에 의해서 당신의 과거를 질투하겠습니다. 자─ 우리 숫자로 따져 보실까요?"

펑─여기서부터는 내 교재에는 없다.

신선한 도덕을 기대하면서 내 구태의연하다고 할 만도 한 관록을 버리겠노라.

다만 내가 이제부터 내 부족하나마나 노력에 의하여 획득해야 할 것은 내가 탈피할 수 있을 만한 지식의 구매다.

나는 내가 환갑을 지난 몇 해 후 내 무릎이 일어서는 날까지는 내 오크재로 만든 포도송이 같은 손자들을 거느리고 끽다점(喫茶店)에 가고 싶다. 내 아라모드(멋)는 손자들의 그것과 태연히 맞서고 싶은 현재의 내 비애다.

전질(顚跌)

이러다가는 내 중립지대로만 알고 있던 건강술이 자칫하면 붕괴할 것 같은 위구(危懼)가 적지 않다. 나는 조심조심 내 앉은 자리에 혹 유해한 곤충이나 서식하지 않는가 보살펴야 한다.

T군과 마주 앉아 싱거운 술을 마시고 있는 동안 내 눈이 여간 축축하지 않았단다. 그도 그럴밖에. 나는 시시각각으로 자살할 것을, 그것도 제 형편에 꼭 맞춰서 생각하고 있었으니—

내가 받은 자결(自決)의 판결문 제목은,

"피고는 일조에 인생을 낭비하였느니라. 하루 피고의 생명이 연장되는 것은 이 건곤(乾坤)의 경상비를 구태여 등귀(騰貴)시키는 것이거늘 피고가 들어가고자 하는 쥐구녕이 거기 있으니 피고는 모름지기 그리 가서 꽁무니쪽을 돌아다보지는 말지어다."

이렇다.

나는 내 언어가 이미 이 황막한 지상에서 탕진된 것을 느끼지 않을 수 없을 만치 정신은 공동(空洞)

이요, 사상은 당장 빈곤하였다. 그러나 나는 이 유구한 세월을 무사히 수면하기 위하여, 내가 몽상하는 정경을 합리화하기 위하여, 입을 다물고 꿀항아리처럼 잠자코 있을 수는 없는 일이다.

"몽골피에 형제가 발명한 경기구(輕氣球)가 결과로 보아 공기보다 무거운 비행기의 발달을 훼방 놀것이다. 그와 같이 또 공기보다 무거운 비행기 발명의 힌트의 출발점인 날개가 도리어 현재의 형태를 갖춘 비행기의 발달을 훼방 놀았다고 할 수도 있다. 즉 날개를 펄럭거려서 비행기를 날게 하려는 노력이야말로 차륜을 발명하는 대신에 말의 보행을 본떠서 자동차를 만들 궁리로 바퀴 대신 기계장치의 네 발이 달린 자동차를 발명했다는 것이나 다름없다."

억양도 아무것도 없는 사어(死語)다. 그럴밖에. 이것은 장 콕도의 말인 것도.

나는 그러나 내 말로는 그래도 내가 죽을 때까지의 단 하나의 절망, 아니 희망을 아마 텐스(시제)를 고쳐서 지껄여 버린 기색이 있다.

"나는 어떤 규수(閨秀) 작가를 비밀히 사랑하고

있소이다그려!"

그 규수 작가는 원고 한 줄에 반드시 한 자씩의 오자를 삽입하는 쾌활한 태만성을 가진 사람이다. 나는 이 여인 앞에서는 내 추한 짓밖에는, 할 수 있는 거동의 심리적 여유가 없다. 이 여인은 다행히 경산부(經産婦)다.

그러나 곧이듣지 마라. 이것은 다음과 같은 내 면목을 유지하기 위해 발굴한 연장에 지나지 않는다.

"내가 결혼하고 싶어하는 여인과 결혼하지 못하는 것이 결이 나서 결혼하고 싶지도, 저쪽에서 결혼하고 싶어하지도 않는 여인과 결혼해 버린 탓으로 뜻밖에 나와 결혼하고 싶어하던 다른 여인이 그 또 결이 나서 다른 남자와 결혼해 버렸으니 그야말로 ─나는 지금 일조(一朝)에 파멸하는 결혼 위에 저립(佇立)하고 있으니─일거에 삼첨(三尖)일세그려."

즉 이것이다.

T군은 암만해도 내가 불쌍해 죽겠다는 듯이 나를 물끄러미 바라다보더니,

"자네, 그중 어려운 외국으로 가게, 가서 비로소

말두 배우구, 또 사람두 처음으루 사귀구 그리구 다시 채국채국 살기 시작허게. 그럭허능 게 자네 자살을 구할 수 있는 유일의 방도가 아닌가 그렇게 생각하는 내가 그럼 박정한가?"

자살? 그럼 T군이 눈치를 채었던가.

"이상스러워할 것도 없는 게 자네가 주머니에 칼을 넣고 댕기지 않는 것으로 보아 자네에게 자살하려는 의사가 있다는 걸 알 수 있지 않겠나. 물론 이것두 내게 아니구 남한테서 꿔온 에피그램(경구)이지만."

여기 더 앉았다가는 복어처럼 탁 터질 것 같다. 아슬아슬한 때 나는 T군과 함께 바를 나와 알맞추 단성사 문 앞으로 가서 삼 분쯤 기다렸다.

윤과 임이가 일조(一條) 이조(二條) 하는 문장(文章)처럼 나란히 나온다. 나는 T군과 같이 '만춘시사(晩春試寫)'를 보겠다. 윤은 우물쭈물하는 것도 같더니,

"바통 가져가게."

한다. 나는 일없다. 나는 절을 하면서,

"일착 선수(一着選手)여! 나를 열차가 연선(沿線)

의 소역(小驛)을 잘디잔 바둑돌 묵살하고 통과하듯이 무시하고 통과하여 주시기(를) 바라옵나이다."

순간 임이 얼굴에 독화(毒花)가 핀다. 응당 그러리로다. 나는 이착의 명예 같은 것은 요새쯤 내다버리는 것이 좋았다. 그래 얼른 릴레이를 기권했다. 이 경우에도 어휘를 탕진한 부랑자의 자격에서 공구(恐懼) 요코미쓰 리이치(橫光利一) 씨의 출세를 사글세 내어온 것이다.

임이와 윤은 인파 속으로 숨어 버렸다.

갤러리(회랑) 어둠 속에 T군과 어깨를 나란히 앉아서 신발 바꿔 신은 인간 코미디를 내려다보고 있었다. 아랫배가 몹시 아프다. 손바닥으로 꽉 누르면 밀려 나가는 김이 입에서 홍소(哄笑)로 화해 터지려든다. 나는 아편이 좀 생각났다. 나는 조심도 할 줄 모르는 야인(野人)이니까 반쯤 죽어야 껍적대지 않는다.

스크린에서는 죽어야 할 사람들은 안 죽으려 들고 죽지 않아도 좋은 사람들이 죽으려 야단인데 수염 난 사람이 수염을 혀로 핥듯이 만지작만지작하면서

이쪽을 향하더니 하는 소리다.

"우리 의사는 죽으려 드는 사람을 부득부득 살려 가면서도 살기 어려운 세상을 부득부득 살아가니 거 익살맞지 않소."

말하자면 굽 달린 자동차를 연구하는 사람들이 거기서 이리 뛰고 저리 뛰고 하고들 있다.

나는 차츰차츰 이 객(客) 다 빠진 텅빈 공기 속에 침몰하는 과실 씨가 내 허리띠에 달린 것 같은 공포에 지질리면서 정신이 점점 몽롱해 들어가는 벽두에 T군은 은근히 내 손에 한 자루 서슬 퍼런 칼을 쥐여 준다.

'복수하라는 말이렷다.'

'윤을 찔러야 하나? 내 결정적 패배가 아닐까? 윤은 찌르기 싫다.'

'임이를 찔러야 하지? 나는 그 독화 핀 눈초리를 망막에 영상한 채 왕생하다니.'

내 심장이 꽁꽁 얼어 들어온다. 빠드득빠드득 이가 갈린다.

'아하 그럼 자살을 권하는 모양이로군, 어려운데

─어려워, 어려워, 어려워.'

　내 비겁(卑怯)을 조소하듯이 다음 순간 내 손에 무엇인가 뭉클 뜨뜻한 덩어리가 쥐어졌다. 그것은 서먹서먹한 표정의 나쓰미캉, 어느 틈에 T군은 이것을 제 주머니에다 넣고 왔던구.

　입에 침이 좌르르 돌기 전에 내 눈에는 식은 컵에 어리는 이슬처럼 방울지지 않는 눈물이 핑 돌기 시작하였다.

봉별기(逢別記)

1

스물세 살이요—삼월이요—각혈이다. 여섯 달 잘 기른 수염을 하루 면도칼로 다듬어 코밑에 다만 나비만큼 남겨 가지고 약 한 제 지어 들고 B라는 신개지(新開地) 한적한 온천으로 갔다. 게서 나는 죽어도 좋았다.

그러나 이내 아직 기를 펴지 못한 청춘이 약탕관을 붙들고 늘어져서는 날 살리라고 보채는 것은 어찌하는 수가 없다. 여관 한등(寒燈) 아래 밤이면 나는 늘 억울해했다.

사흘을 못 참고 기어이 나는 여관 주인영감을 앞

장세워 밤에 장고소리 나는 집으로 찾아갔다. 게서 만난 것이 금홍(錦紅)이다.

"몇 살인구?"

체대(體大)가 비록 풋고추만하나 깡그라진 계집이 제법 맛이 맵다. 열여섯 살? 많아야 열아홉 살이지 하고 있자니까,

"스물한 살이에요."

"그럼 내 나인 몇 살이나 돼뵈지?"

"글쎄 마흔? 서른아홉?"

나는 그저 흥! 그래 버렸다. 그리고 팔짱을 떡 끼고 앉아서는 더욱더욱 점잖은 체했다. 그냥 그날은 무사히 헤어졌건만.

이튿날 화우(畵友) K군[1]이 왔다. 이 사람인즉 나와 농하는 친구다. 나는 어쩌는 수 없이 그 나비 같다면서 달고 다니던 코밑수염을 아주 밀어 버렸다. 그리고 날이 저물기가 급하게 또 금홍이를 만나러 갔다.

---

1) 구본웅(1906~1953): 서양화가. 이상과는 각별한 친구 관계였으며 이상을 그린 초상화가 남아 있다.

"어디서 뵌 어른 같은데."

"엊저녁에 왔던 수염 난 양반, 내가 바루 아들이지. 목소리꺼지 닮었지?"

하고 익살을 부렸다. 주석이 어느덧 파하고 마당에 내려서다가 K군의 귀에 대고 나는 이렇게 속삭였다.

"어때? 괜찮지? 자네 한번 얼러 보게."

"관두게, 자네나 얼러 보게."

"어쨌든 여관으로 껄구 가서 짱껭뽕을 해서 정허기루 허세나."

"거 좋지."

그랬는데 K군은 측간에 가는 체하고 피해 버렸기 때문에 나는 부전승으로 금홍이를 이겼다. 그날 밤에 금홍이는 금홍이가 경산부라는 것을 감추지 않았다.

"언제?"

"열여섯 살에 머리 얹어서 열일곱 살에 낳았지."

"아들?"

"딸."

"어딨나?"

"돌 만에 죽었어."

지어 가지고 온 약은 집어치우고 나는 전혀 금홍이를 사랑하는 데만 골몰했다. 못난 소린 듯하나 사랑의 힘으로 각혈이 다 멈췄으니까.

나는 금홍이에게 놀음채를 주지 않았다. 왜? 날마다 밤마다 금홍이가 내 방에 있거나 내가 금홍이 방에 있거나 했기 때문에—

그 대신—

우(禹)라는 불란서 유학생의 유야랑(遊冶郞)2)을 나는 금홍이에게 권하였다. 금홍이는 내 말대로 우씨와 더불어 '독탕'에 들어갔다. 이 '독탕'이라는 것은 좀 음란한 설비였다. 나는 이 음란한 설비 문간에 나란히 벗어 놓은 우씨와 금홍이 신발을 보고 언짢아하지 않았다.

나는 또 내 곁방에 와 묵고 있는 C라는 변호사에게도 금홍이를 권하였다. C는 내 열성에 감동되어 하는 수 없이 금홍이 방을 범했다.

---

2) 유야랑: 방탕을 일삼는 화류남.

그러나 사랑하는 금홍이는 늘 내 곁에 있었다. 그리고 우, C 등등에게서 받은 십 원 지폐를 여러 장 꺼내 놓고 어리광 섞어 내게 자랑도 하는 것이었다.

그러자 나는 백부님 소상 때문에 귀경하지 않으면 안 되게 되었다. 복숭아꽃이 만발하고 정자 곁으로 석간수가 졸졸 흐르는 좋은 터전을 한군데 찾아가서 우리는 석별의 하루를 즐겼다. 정거장에서 나는 금홍이에게 십 원 지폐 한 장을 쥐어 주었다. 금홍이는 이것으로 전당잡힌 시계를 찾겠다고 그러면서 울었다.

2

금홍이가 내 아내가 되었으니까 우리 내외는 참 사랑했다. 서로 지나간 일은 묻지 않기로 하였다. 과거래야 내 과거가 무엇 있을 까닭이 없고 말하자면 내가 금홍이 과거를 묻지 않기로 한 약속이나 다름없다.

금홍이는 겨우 스물한 살인데 서른한 살 먹은 사람보다도 나았다. 서른한 살 먹은 사람보다도 나은 금홍이가 내 눈에는 열일곱 살 먹은 소녀로만 보이고 금홍이 눈에 마흔 살 먹은 사람으로 보인 나는 기실 스물세 살이요, 게다가 주책이 좀 없어서 똑 여남은 살 먹은 아이 같다. 우리 내외는 이렇게 세상에도 없이 현란(絢爛)하고 아기자기하였다.

　　부질없는 세월이―일년이 지나고 팔월, 여름으로는 늦고 가을로는 이른 그 북새통에―금홍이에게는 예전 생활에 대한 향수가 왔다.

　　나는 밤이나 낮이나 누워 잠만 자니까 금홍이에게 대하여 심심하다. 그래서 금홍이는 밖에 나가 심심치 않은 사람들을 만나 심심치 않게 놀고 돌아오는 ―즉 금홍이의 협착(狹窄)한 생활이 금홍이의 향수를 향하여 발전하고 비약하기 시작하였다는 데 지나지 않는 이야기다.

　　그런데 이번에는 내게 자랑을 하지 않는다. 않을 뿐만 아니라 숨기는 것이다.

　　이것은 금홍이로서 금홍이답지 않은 일일밖에 없

다. 숨길 것이 있나? 숨기지 않아도 좋지. 자랑을 해도 좋지.

나는 아무 말도 하지 않는다. 나는 금홍의 오락의 편의를 돕기 위하여 가끔 P군 집에 가 잤다. P군은 나를 불쌍하다고 그랬던가싶이 지금 기억된다.

나는 또 이런 것을 생각하지 않았던 것도 아니다. 즉 남의 아내라는 것은 정조를 지켜야 하느니라고!

금홍이는 나를 내 나태한 생활에서 깨우치게 하기 위하여 우정 간음하였다고 나는 호의로 해석하고 싶다. 그러나 세상에 흔히 있는 아내다운 예의를 지키는 체해 본 것은 금홍이로서 말하자면 천려(千慮)의 일실(一失)이 아닐 수 없다.

이런 실없는 정조를 간판삼자니까 자연 나는 외출이 잦았고 금홍이 사업에 편의를 돕기 위하여 내 방까지도 개방하여 주었다. 그러는 중에도 세월은 흐르는 법이다.

하루 나는 제목(題目) 없이 금홍이에게 몹시 얻어맞았다. 나는 아파서 울고 나가서 사흘을 들어오지 못했다. 너무도 금홍이가 무서웠다.

나흘 만에 와보니까 금홍이는 때묻은 버선을 윗목에다 벗어 놓고 나가 버린 뒤였다.

　　이렇게도 못나게 홀아비가 된 내게 몇 사람의 친구가 금홍이에 관한 불미한 가십을 가지고 와서 나를 위로하는 것이었으나 종시 나는 그런 취미를 이해할 도리가 없었다.

　　버스를 타고 금홍이와 남자는 멀리 과천 관악산으로 가는 것을 보았다는데 정말 그렇다면 그 사람은 내가 쫓아가서 야단이나 칠까 봐 무서워서 그런 모양이니까 퍽 겁쟁이다.

3

　　인간이라는 것은 임시 거부하기로 한 내 생활이 기억력이라는 민첩한 작용을 하지 않았기 때문에 두 달 후에는 나는 금홍이라는 성명 삼 자까지도 말쑥하게 잊어버리고 말았다. 그런 두절된 세월 가운데 하루 길일을 복(卜)하여 금홍이가 왕복 엽서처럼 돌아왔다. 나는 그만 깜짝 놀랐다.

금홍이의 모양은 뜻밖에도 초췌하여 보이는 것이 참 슬펐다. 나는 꾸짖지 않고 맥주와 붕어 과자와 장국밥을 사먹여 가면서 금홍이를 위로해 주었다. 그러나 금홍이는 좀처럼 화를 풀지 않고 울면서 나를 원망하는 것이었다. 할 수 없어서 나도 그만 울어 버렸다.

"그렇지만 너무 늦었다. 그만해두 두 달 지간이나 되니 않니? 헤어지자, 응?"

"그럼 난 어떻게 되우, 응?"

"마땅헌 데 있거든 가거라, 응."

"당신두 그럼 장가가나? 응?"

헤어지는 한에도 위로해 보낼지어다. 나는 이런 양식 아래 금홍이와 이별했더니라. 갈 때 금홍이는 선물로 내게 베개를 주고 갔다.

그런데 이 베개 말이다.

이 베개는 이인용(二人用)이다. 싫대도 자꾸 떠맡기고 간 이 베개를 나는 두 주일 동안 혼자 베어 보았다. 너무 길어서 안됐다. 안됐을 뿐 아니라 내 머리에서는 나지 않는 묘한 머릿기름 땟내 때문에 안면(安眠)이 적이 방해된다.

나는 하루 금홍이에게 엽서를 띄웠다.

'중병에 걸려 누웠으니 얼른 오라'고.

금홍이는 와서 보니까 참 딱했다. 이대로 두었다가는 역시 며칠이 못 가서 굶어죽을 것같이만 보였던가 보다. 두 팔을 부르걷고 그날부터 나가서 벌어다가 나를 먹여살린다는 것이다.

"오-케이."

인간 천국―그러나 날이 좀 추웠다. 그러나 나는 대단히 안일하였기 때문에 재채기도 하지 않았다.

이러기를 두 달? 아니 다섯 달이나 되나 보다. 금홍이는 홀연히 외출했다.

달포를 두고 금홍의 흠식(향수)을 기대하다가 진력이 나서 나는 기명집물(器皿什物)을 두들겨 팔아버리고 이십일 년 만에 집으로 돌아갔다.

와보니 우리집은 노쇠했다. 이어 불초 이상(李箱)은 이 노쇠한 가정을 아주 쑥밭을 만들어 버렸다. 그 동안 이태 가량―

어언간 나도 노쇠해 버렸다. 나는 스물일곱 살이나 먹어 버렸다.

천하의 여성은 다소간 매춘부의 요소를 품었느니라고 나 혼자는 굳이 신념한다. 그 대신 내가 매춘부에게 은화를 지불하면서는 한 번도 그네들을 매춘부라고 생각한 일이 없다. 이것은 내 금홍이와의 생활에서 얻은 체험만으로는 성립되지 않는 이론같이 생각되나 기실 내 진담이다.

4

나는 몇 편의 소설과 몇 줄의 시를 써서 내 쇠망해 가는 심신 위에 치욕을 배가하였다. 이 이상 내가 이 땅에서의 생존을 계속하기가 자못 어려울 지경에까지 이르렀다. 나는 하여간 허울 좋게 말하자면 망명해야겠다.

어디로 갈까. 나는 만나는 사람마다 동경으로 가겠다고 호언했다. 그뿐 아니라 어느 친구에게는 전기 기술에 관한 전문 공부를 하러 간다는 둥, 학교 선생님을 만나서는 고급 단식 인쇄술을 연구하겠다는 둥, 친한 친구에게는 내 오 개 국어에 능통할 작정일세 어쩌구, 심하면 법률을 배우겠소까지 허담을 탕탕 하는 것이다. 웬만한 친구는 보통들 속나 보다. 그러나 이 헛선전을 안 믿는 사람도 더러는 있다. 하여간 이것은 영영 빈빈털터리가 되어 버린 이상의 마지막 공포에 지나지 않는 것만은 사실이겠다.

어느 날 나는 이렇게 여전히 공포(空砲)를 놓으면서 친구들과 술을 먹고 있자니까 내 어깨를 툭 치는 사람이 있다. '긴상'이라는 이다.

"긴상[3](이상도 사실은 긴상이다), 참 오래간만이슈. 건데 긴상 꼭 긴상 한번 만나 뵙자는 사람이 하나 있는데 긴상 어떡허시려우."

"거 누군구. 남자야? 여자야?"

"여자니까 일이 재미있지 않느냐 그런 말야."

---

[3] 긴상: 이상의 본명은 김해경이니 김씨다. '긴상'은 일본말로 김씨를 가리키는 말.

"여자라?"

"긴상 옛날 오쿠상(아내)."

금홍이가 서울에 나타났다는 이야기다. 나타났으면 나타났지 나를 왜 찾누?

나는 긴상에게서 금홍이의 숙소를 알아 가지고 어쩔 것인가 망설였다. 숙소는 동생 일심(一心)이 집이다.

드디어 나는 만나 보기로 결심하고 그리고 일심이 집을 찾아가서,

"언니가 왔다지?"

"어유- 아제두, 돌아가신 줄 알았구려! 그래 자 그만치 인제 온단 말씀유, 어서 들오슈."

금홍이는 역시 초췌하다. 생활전선에서의 피로의 빛이 그 얼굴에 여실하였다.

"네놈 하나 보구져서 서울 왔지 내 서울 뭘 허려 왔다디?"

"그러게 또 난 이렇게 널 찾아오지 않었니?"

"너 장가갔다더구나."

"얘 디끼 싫다. 기 육모초 겉은 소리."

"안 갔단 말이냐 그럼?"

"그럼."

당장에 목침이 내 면상을 향하여 날아 들어왔다. 나는 예나 다름이 없이 못나게 웃어 주었다.

술상을 보아 왔다. 나도 한 잔 먹고 금홍이도 한 잔 먹었다. 나는 영변가를 한마디하고 금홍이는 육자배기를 한마디했다.

밤은 이미 깊었고 우리 이야기는 이게 이 생(生)에서의 영이별이라는 결론으로 밀려갔다. 금홍이는 은수저로 소반전을 딱딱 치면서 내가 한 번도 들은일이 없는 구슬픈 창가를 한다.

"속아도 꿈결 속여도 꿈결 굽이굽이 뜨내기 세상 그늘진 심정에 불질러 버려라 운운."

산촌여정(山村旅情)

: 성천 기행(成川紀行) 중의 몇 절(節)

향기로운MJR[1]의미각을잊어버린지도20여일이나됩니다. 이곳에는신문도잘아니오고체전부(遞傳夫)[2]는이따금『하도롱』[3]빛소식을가저옵니다. 거기는누에고치와옥수수의사연이적혀있습니다. 마을사람들은멀리떨어져사는일가(一家)때문에수심(愁心)이생겼나봅니다. 나도도회(都會)에남기고온일이걱정이됩니다.

건너편팡봉산에는노루와멧돼지가있답니다. 그리고기우제(祈雨祭)지내던개골창까지내려와서 가제를

---

1) MJR: 커피의 제품명
2) 체전부: 우체부
3) 하도롱: 영어의 'hard rolled paper.' 포장지의 일종.

잡어먹는『곰』을본사람도 있습니다. 동물원에서밖에볼수없는 짐승, 산에있는 짐승들을사로 잡아다가 동물원에 갖다 가둔것이아니라, 동물원에있는 짐승들을 이런 산에다 내여놓아준것만같은착각을 자꾸만느낍니다. 밤이되면, 달도없는그믐칠야(漆夜)에팔봉산(八峰山)도사람이침소로들어가듯이 어둠속으로 아주없어져버립니다.

별빛만으로라도 넉넉히 좋아하는 『누가』복음도읽을수있을것같습니다. 그리고또참 별이 도회에서보다 갑절이나더많이 나옵니다. 하도조용한 것이 처음으로 별들의 기척이들리는것도같습니다.

객주집방에는 석유등잔을켜놓습니다. 그 도회지의석간(夕刊)과 같은그윽한내음새가 소년시대의꿈을부릅니다. 정형!그런석유등잔밑에서밤이이슥하도록 『호까』 – 연초갑지(煙草匣紙) – 부치든생각이 납니다. 배짱이가한마리등잔에올라앉아서그연듯빛색채로혼곤한내꿈에마치영어『티』자를쓰고근너긋듯이 유다른기억에다는군데군데 『언더라인』을하야놓습니다슬퍼하는것처럼 고개를숙이고도회의여차장이차표찍는소리같은그성악을가만히듣습니다. 그러면그것이또이발소 가위소리와도같아집니다. 나는눈까지감고가만히또자세히들어봅니다.

　그리고비망록(備忘錄)을꺼내어 머룻빛잉크로산촌의시정을기초(起草)합니다.

　　그저께신문을찢어버린

　　때묻은흰나비

　　봉선화는아름다운애인의귀처럼생기고

　　귀에보이는지난날의기사

　얼마있으면목이마릅니다. 자리물[4] – 심해처럼가라앉은냉수를마십니다. 석영질(石英質)광석(鑛石)냄새가나면서폐부(肺腑)에한난계(寒暖計)[5]같은길을느낍니다. 나는백지위에그싸늘한곡선을그리라면그릴수도있을것같습니다.

　청석(靑石)얹은 지붕에별빛이내려쪼이면 한겨울

---

　4) 자리물: 잠자리에서 마시기 위하여 머리맡에 떠 놓는 물.
　5) 한난계: 온도계의 북한어.

에장독터지는것같은소리가납니다. 벌레소리가 요란합니다. 가을이 이런시간에엽서한장에적을만큼씩오는까닭입니다. 이런때참무슨재주로광음을헤아리겠습니까? 맥박소리가 이방안을방채시계를만들어버리고 장침(長針)과단침(短針)의나사못이돌아가느라고 양쪽눈이 번갈아 간질간질합니다. 코로기계기름냄새가 드나듭니다. 석유등잔밑에서 졸음이오는기분입니다.

『파라마운트』회사상표처럼 생긴 도회소녀가나오는꿈을조금꿉니다.그러다가 어느사이에 도회에 남겨두고온가난한식구들을 꿈에봅니다. 그들은포로들의사진처럼나란히 늘어섭니다. 그리고내게걱정을시킵니다. 그러면그만잠이깨어버립니다.

죽어버릴까 그런생각을하여봅니다. 벽 못에걸린다헤진내저고리를쳐다봅니다. 서도천리를 나를따라 여기와있습니다. 그려!

등잔심지를돋우고 비망록에불을켠다음 철필로군청빛『모』를심어갑니다. 불행한인구가그위에하나하나탄생합니다. 조밀한인구가ー.

내일은진종일 화초만보고놀리라, 탈지선(脫脂線)에다『알콜』을묻혀서 온갖근심은문질르리라, 이런생각을먹습니다. 너무도꿈자리가뒤숭숭하여서그러는것입니다. 화초가피어만발하는꿈『그라비아』원색판꿈 그림책을보듯이즐겁게꿈을꾸고싶습니다. 그러면간단한설명을위하여 상쾌한시를지어서 7『포인트』활자로배치하는것도좋습니다.

도회에화려한고향이있습니다 활엽수만으로된산이 고향의시각을가져버린 이산촌에서팔봉산 허리를넘는 철골(鐵骨)전신주(電信柱)가 소식의제목만을부호로전하는것같습니다.

아침에 볕에시달려서 마당이부스럭거리면 그소리에잠을깨입니다. 하루라는『짐』이 마당에가득한가운데 새빨간잠자리가병균처럼활동입니다. 끄지않고잔석유등잔에 불이 그저켜진채소실된밤의흔적이 젊은조끼단추처럼 남아있습니다. 작야(昨夜)를방문할수있는 『요비링』6)입니다. 지난밤의체온을방안에내어던진채 마당에나서면 마당한모퉁이에는 화단이 있습니다. 불타오르는듯한맨드라미꽃 그리고봉선화.

지하에서 빨아올리는 이화초들의 정열에 호흡이 더워오는것같습니다. 여기처녀손톱끝에 물들을 봉선화중에는 흰것도섞였습니다. 흰봉선화도 붉게물들까-조금 이상스러울것없이 흰봉선화는 꼭두서니빛으로 곱게물듭니다.

수수깡울타리에 『오렌지』빛 여주7)가열렸습니다. 당콩넝쿨과어우러져서 『세피아』빛을배경으로하는 한폭의병풍입니다. 이끝으로는호박넝쿨 그소박하면서도대담한 호박꽃에 『스파르타』식 꿀벌이한마리앉아있습니다. 농황색(濃黃色)에반영되어 『세실·B·데밀』8)의 영화처럼 화려하며 황금색으로치사(侈奢)합니다. 귀를기울이면 『르네상스』응접실에서들리는선풍기소리가납니다.

---

6) 요비링: '초인종'을 뜻하는 일본어.
7) 여주: 박과의 한해살이풀.
8) 세실 B. 데밀(Cecil Blount De Mille, 1881~1959): 미국의 영화제작자이자 영화감독.

야채『사라다』에놓이는 『아스파라커스』입사귀같은 또무슨화초가 있습니다. 객줏집 아이에게 물어봅니다. 『기상꽃』─기생화(妓生花)란말입니다. 무슨꽃이피나─진홍비단꽃이핀답니다.

선조(先祖)가지정(指定)하지아니한 『조세트』9)치마에 『외스트민스터』권연(卷煙)을 감아놓은것같은 도회(都會)의기생(妓生)의 아름다움을 연상하여봅니다. 박하보다도 훈훈한 『리그레츄잉껌』 냄새 두꺼운장부(帳簿)를먼기는듯한 그입맛다시는소리─그러나 아마여기필기생(妓生)꽃은 분명히혜원(蕙園) 그림에서 보는것같은─혹은우리가소년시대에 보든 떨떨인력차(人力車)에 홍일산(紅日傘)받은 지금은 지난날의 삽화(揷畵)인 기생일것같습니다.

청둥호박이 열렸습니다 호박꼬자리10)에 무시루떡─그훅훅끼치는 구수한김에 좇아서 증조할아버지의 시골뚜기망령들은 정월초하룻날 한식날 오시

---

9) 조세트(Josette): 여름철 여성 의류에 많이 쓰이는 옷감의 한 종류.
10) 호박꼬자리: 호박을 얇게 썰어 말린 것.

는것입니다. 그러나 저국가백년의기반을 생각케하는 넙적하고도 묵직한안정감과 침착한색채는『럭비』구(球)를안고뛰는 이『제너레숀』의젊은용사의 굵직한팔뚝을 기다리는것도 같습니다.

유자가익으면 껍질이 벌어지면서 속이삐져나온답니다. 하나를따서실끝에매서 방에다가걸어둡니다. 물방울져 떨어지는 풍염(豊艶)한미각밑에서 연필같이 수척해가는 이몸에 조금씩조금씩 살이오르는것 같습니다. 그러나 이야채도 과실도 아닌『유머러스』한 용적(容積)에 향기가없습니다. 다만 세숫비누에 한겹씩한겹씩 해소되는 내도회의육향(肉香)이 방안에 배회할뿐입니다.

팔봉산올라가는 초경(草徑)입구모퉁이에 최××송덕비(頌德碑)와 또××××아무개의 영세불망비(永世不忘碑)가 항공우편『포스트』처럼 서있습니다 듣자하니 그들은 다아직도 생존하여계시다합니다 우습지않습니까.

교회가보고싶었습니다 그래서 『예루살렘』성역을 수만리 떨어져있는이마을의 농민들까지도 사랑하는신앞에서 회개하고싶었습니다 발길이찬송가소리나는곳으로갑니다 『포푸라』나무밑에 『염소』 한마리를 매여놓았습니다 구식으로 수염이났습니다 나는 그앞에 가서 그총명한동공을들여다 봅니다. 『셀룰로이드』로만든 정교한구슬을 『오브라-드』[11]로 싼것같이맑고 투명하고깨끗하고아름답습니다. 도색(桃色)눈자위가 움직이면서 내삼정(三停)과오악(五岳)이 구르지못한 빈상(貧相)을 업신여기는중입니다.

옥수수밭은일대관병식(一大觀兵式)입니다 바람이불면갑주(甲冑)[12]부딪치는소리가우수수납니다. 『카-마인』[13]빛 꼬꼬마가 뒤로휘면서너울거립니다.

팔봉산에서총소리가들렸스니다. 장엄한예포(禮砲)소리가분명합니다. 그러나 그것은내곁에서 소조(小鳥)의간을 떨어트린 공기총소리였습니다. 그러

---

11) 오브라드: 가루약 따위를 싸는 얇은 막.

12) 갑주: 갑옷과 투구.

13) 카마인(carmine): 선인장과의 식물에 기생하는 연지벌레의 암컷을 건조시켜 얻는 염료.

면옥수수밭에서 백(白), 황(黃), 흑(黑), 회(灰) 또 백(白), 가지각색의 개가 퍽여러마리열을지어서 걸어나옵니다. 『센슈얼』한 계절의흥분이 이『코삭크』14) 관병식(觀兵式)을 한층더 화려하게합니다.

산삼이 풀어져흐르는시내징검다리위에는 백채(白菜)씻은자취가 있습니다. 풋김치의 청신한미각이 안약『스마일』을 연상시킵니다. 나는그화성암(火成巖)으로반들반들한 징검다리위에 삐뚤어진 N자로 쪼그리고앉았노라면 시야에 물동이를이고주저하는 두젊은 색시가있습니다. 나는미안해서 일어나기는 낳으면서도 일부러 마주보면서 그리로걸어갑니다. 스칩니다. 『하도롱』빛피부에서 푸성귀냄새가 납니다. 『코코아』빛입술은머루와다래로젖었습니다. 나를아니보는 동공에는 정제(精製)된창공(蒼空)이『간쓰메』15)가되여있습니다.

M백화점 『미소노』화장품 『스위트걸』이 신은양 말은 이색시들의 피부색과 똑같은소맥(小麥)빛이였

---

14) 코삭크: '카자흐'의 영어식 이름.
15) 간쓰메(かんづめ): '통조림.'

습니다. 빼뜨름히 붙인 초유선형모자(超流線型帽子)
고양이배에 『화스너』16)를장치한가벼운『핸드백』―
이렇게도회의참신하다는여성들을연상하여봅니다 그
리고 새벽『아스팔트』를구르는 창백한공장소녀들의
회충과같은 손가락을연상하여봅니다. 그온갖계급의
도회여인들 연약한피부위에는 그네들의빈부(貧富)
를묻지않고 온갖육중한지문을느끼지않습니까.

그러나가난하나마 무명가치튼튼한피부우에 오점
(汚點)이업고 『츄잉껌』 『초콜릿』 대신에 응어리는
빼어먹고 달쪽지근한꽈리를불며 숭글숭글한이시골
색시들을 더나는끔직이 알고싶습니다. 축복하여주
고싶습니다. 교회는보이지않습니다. 도회인의교활
한시선이 수줍어서수풀사이로 숨어버리고 종소리
의 여운만이근처에 냄새처럼남아서 배회하고있습
니다. 혹그것은안식을 잃은내혼이들은바 환청에 지
나지않았는지도모릅니다.

---

16) 화스너(fastener): 지퍼, 단추 등의 잠그는 물건.

조밭 한복판에 높은뽕나무가있습니다. 뽕따는색시가 전공부(電工夫)처럼 높이 나무위에올랐습니다. 순백의 가장탐스러운 과실이 열렸습니다 둘이서는 나무에오르고 하나가 나무밑에서 다랭이를 채우고 있습니다. 한두입만따도 다랑이가철철넘는민요의 무태면(舞台面)입니다.

조이삭은 다말라죽었습니다『코르크』처럼 가벼운 이삭이근심스럽게 고개를숙였습니다. 오-비야좀오려무나 해면(海綿)처럼 물을빨아들이고싶어죽겠습니다. 그러나하늘은 금(禁)한듯이구름이없고 푸르고 밝고 또부숭부숭하니 깊지못한 뿌리의 SOS가 암반(岩盤)아래를 흐르는 지하수에다다르겠습니까.

두소년이 고무신을벗어들고 시냇물에발을잠가 고기를잡습니다. 지상의원한이 숨어흐르는정맥(靜脈)—그불길하고 독한물에어떤 어족(魚族)이 살고있는지—시내는대지의신열(身熱)을뚫고 벌판 기울어진 방향으로 흐로고있습니다. 그것은 가을의풍설(風說)입니다.

가을이 올터인데 와도좋으냐고 소근소근하지않습

니까. 조이삭이초례청신부가 절할때 나는소리같이 부수수구깁니다 노회(老獪)[17]한 바람이 조잎새에게 난숙(爛熟)을재촉하는것입니다. 그러나조의마음은 푸르고 초조하고어렵습니다.

조밭을어질어뜨린자는누구냐—기왕안될조여든— 그런마음으로 그랬나요 몹시어질어뜨려놓았습니다 누에—방방에 누에가있습니다 조이삭보다도굵직한 누에가 삽시간에뽕잎을먹습니다이건강한미각은 왕 후와같이지존스러우며 치사(侈奢)스럽습니다. 색시 들은 뽕심부름하는것으로 몸의마지막광영(光榮)을 삼습니다. 그러나뽕이떨어졌습니다. 온갖폐백(幣帛) 이동이난것과같이 색시들의 석열(惜熱)은허둥지둥 하는것입니다.

×

야음(夜陰)을타서 색시들은 경장(輕裝)으로나섭니 다. 얼굴의 홍조(紅潮)가 가리키는방향으로—뽕나무

---

17) 노회: 경험이 많고 교활한.

에우승배(優勝盃)가 놓여있습니다. 그리로만가면 되는것입니다. 조밭을짓밟습니다. 자외선에맛있게 그을은 색시들의 발이 그대로 조이삭을무찌르고『스크럼』[18]입니다. 그리하여 하늘에닿을지성(至誠)이 천고마비 잠실(蠶室)안에있는 성스러운 귀족가축들을 살찌게 하는것입니다.『코렛트』부인의『빈묘(牝猫)』[19]를 생각게하는 말캉말캉한『로맨스』입니다.

간이학교(簡易學校)곁집 길가에서 들여다보이는 방에 틀이떠들고 있습니다. 편발처녀[20]가 맨발로 기계를건드리고있습니다, 그러면 기계는 허리를스치는 가느다란실이간지럽다는듯이 깔깔깔깔 대소(大笑)하는것입니다. 웃으며 지근대며 명산××명주(明紬)가 짜여나오니 열댓자수건이 성묘갈때입을 때때를 만들고 시집살이설움을씻어주고 또꿈과 꿈을 말소(抹消)하는쓰레받기도되고 ─ 이렇게실없는

---

18) 스크럼(scrum): 여럿이 팔을 꽉 끼고 뭉치는 것.
19) 빈묘: 암코양이.
20) 편발처녀: 관례(冠禮) 하기 전, 머리를 땋아 늘이고 다니던 처녀.

내 환희(幻戱)입니다.

담배가게 곁방에는 오늘 황혼을미리가져다놓았습니다 침침한 몇『갤런』의 공기속에 생생한침엽수가 울창합니다 황혼에만 사는이민(移民)같은 이국초목에는 순백의 갸름한 열매가 무수히 열렸습니다 고치 ― 귀화한『마리아』들이 최신(最新)지혜(智慧)의 과실을 단려(端麗)한 맵시로 따고있습니다. 그아들의불행한최후를 슬퍼하여 『크리스마스트리』를 헐어들어가는 『피에타』화폭(畵幅)전도(全圖)입니다.

학교마당에는 『코스모스』가 피어있고 생도들은 글을배우고 있습니다. 그들은열심히간단한산술을놓아 그들의 정직과순박을지혜와교활로 환산하고있습니다. 탄식할 이식산(利息算)[21]이 아니 겠습니까. 족보를찢어버린것과같은 흰나비가 두어마리 백묵냄새나는 화단위에서 번복(飜覆)이무상합니다. 또 연식(軟式)『테니스』공의 마개뽑는소리가 음향의 흔적이 되어서는등고선의 각점(各點)모양으로 남아있

---

21) 이식산: 원금, 이율, 기간 및 이자 가운데에서 세 개의 값을 알 때 나머지 하나의 값을 구하는 셈법.

는것같습니다. 이마당에서 오늘밤에금융종합선전활동사진회(金融綜合宣傳活動寫眞會)가열립니다. 활동사진? 세기의총아(寵兒)─온갖 예술위에 군림하는 『넘버』제8예술의승리. 그고답적(高踏的)이고도 탕아적(蕩兒的)인 괴력을무엇에다 비하겠습니까. 그러나이곳 주민들은 활동사진에 대하여한낱동화적인 꿈을가진채있습니다. 그림이 움직일수있는 이것은 참 홍모(紅毛)[22]오랑캐의요술(妖術)을 배워가지고온 것 같으면서도 같지않은 동포의 부러운재간입니다.

활동사진을 보고난다음에 맛보는담백한허무─장주(莊周)의 호접몽(胡蝶夢)이 이러하였을것입니다. 나의 동글납작한 머리가 그대로 『카메라』가되어피곤(疲困)한 『더블렌즈』로나마 몇번이나 이옥수수 무르익어가는 초추(初秋)의정경(情景)을촬영하였으며 영사(映寫)하였든가─『플래시백』으로 흐르는 엷은 애수(哀愁)─도회에 남아있는 몇고독한 『팬』에게보내는 단장(斷腸)의 『스틸』이다.

---

22) 홍모: 서양 사람을 얕잡아 이르는 말.

밤이되었습니다. 초열흘가까운달이 초저녁이 조금지나면 나옵니다 마당에 멍석을펴고 전설같은 시민이 모여듭니다 축음기앞에서 고개를 갸웃거리는 데북극(北極)『펭권』새들이나 무엇이 다르겠습니까. 짧고도기다란인생을 적어내려갈 편전지(便箋紙)-『스크린』이 박모(薄暮)속에서 『바이오그래피』의 예비(豫備)표정(表情)입니다. 내가있는 건너편 객줏집에는 도회풍(都會風)여인도 왔나봅니다. 사투리의 합음(合音)이 마당안에서 들립니다.

시작입니다. 부산(釜山)잔교(棧橋)가 나타납니다. 평양모란봉입니다. 압록강철교가 역사적으로 돌아갑니다. 박수와갈채-태서(泰西)의 명감독이 바야흐로 안색이없습니다. 10분휴게시간에 조합이사의 통역부연설이 있었습니다.

달은 구름속에있습니다. 금연-이라는 느낌입니다 연설하는 이사얼굴에 전등의 『스포트』도 비쳤습니다. 산천초목이 다 경동(驚動)할일입니다. 전등-이곳촌민들은 ××행자동차 『헤드라이트』 외에 전등을 본일이없습니다. 그눈이부시게 밝은 광선속에서 창백한 이사는강단(降壇)하였습니다. 우매한 백성들은 이 이사의 웅변에한사람도 박수치않았습니다.-물론 나도 그우매한 백성중의 하나일수밖에없었습니다마는-.

밤열한시나 지나서 영화감상의밤은『해피엔드』였습니다. 조합원들과 영사기사는 이촌유일의 음식점에서 위로회(慰勞會)를 열었습니다. 나는 객사(客舍)로돌아와서 죽어가는 등잔심지를 돋우고 독서를 시작하였습니다. 그것은 이웃방에 묵고계신노신사께서 내나타(懶惰)와 우울(憂蔚)을훈계하는뜻으로 빌려주신 행전노반(幸田露伴)23)박사의 지은바『인(人)의도(道)』라는 진서(珍書)입니다. 개가 멀리서 끊일사이없이 이어 짖어댑니다. 그윽한『하이칼라』방향(芳香)을 못잊어 군중은 아직도 헤어지지않았나봅니다.

구름이 걷히고 달이 나왔습니다. 벌레가 무답회(舞踏會)의 창문을 열어놓은것처럼 왁작 요란스럽

___
23) 행전노반: 다무라 도시코(1867~1947). 일본의 소설가로 대표작으로『고래잡이』,「오층탑」등이 있음.

습니다. 알지못하는 노방(路傍)의인(人)을 사모하는 도회인적인 향수(鄕愁)가있습니다. 신간잡지의 표지와같이 신선한 여인들─『넥타이』와 동갑인 신사들 그리고 창백한여러동무들─나를기다리지않는 고향─도회에 내나체의말씀을 번안(飜案)하여보내주고싶습니다. 잠─성경을채자(採字)하다가 엎질러버린인쇄직공이 아무렇게나 주워담은 지리멸렬(支離滅裂)한 활자의꿈 나도 갈갈이 찢어진 사도(使徒)가 되어서 세번아니라 열번이라도 굶는가족을 모른다고그립니다.

근심이 나를제(除)한세상보다큽니다. 내가갑문(閘門)을열면 폐허(廢墟)가된이육신으로 근심의조수가 숨어들어옵니다. 그러나 나는 나의『메저키스트』병마개를 아직뽑지는않습니다 근심은나를싸고돌며 그리는동안에 이육신은 풍마우세(風磨雨洗)로 저절로 다말라 없어지고말것입니다.

밤의 슬픈공기를원고지위에 깔고창백한동무에게 편지를씁니다. 그속에는자신의부고(訃告)도 동봉하여있습니다.(끝)

실화(失花)

1

사람이
비밀이 없다는 것은 재산 없는 것처럼 가난하고
허전한 일이다.

2[1)]

꿈—꿈이면 좋겠다. 그러나 나는 자는 것이 아니

---

1) 2는 동경에 있는 C양의 방으로 설정.

다. 누운 것도 아니다.

앉아서 나는 듣는다. (12월 23일)

"언더 더 워치― 시계 아래서 말이에요, 파이브 타운스― 다섯 개의 동리란 말이지요. 이 청년은 요 세상에서 담배를 제일 좋아합니다― 기다랗게 꾸부러진 파이프에다가 향기가 아주 높은 담배를 피워 뻑― 뻑― 연기를 풍기고 앉았는 것이 무엇보다도 낙이었답니다."

(내야말로 동경 와서 쓸데없이 담배만 늘었지. 울화가 푹― 치밀을 때 저― 폐까지 쭉― 연기나 들이켜지 않고 이 발광할 것 같은 심정을 억제하는 도리가 없다.)

"연애를 했어요! 고상한 취미― 우아한 성격― 이런 것이 좋았다는 여자의 유서예요― 죽기는 왜 죽어― 선생님― 저 같으면 죽지 않겠습니다. 죽도록 사랑할 수 있나요― 있다지요. 그렇지만 저는 모르겠어요."

(나는 일찍이 어리석었더니라. 모르고 연(姸)이와 죽기를 약속했더니라. 죽도록 사랑했건만 면회가

끝난 뒤 대략 이십 분이나 삼십 분만 지나면 연이는 내가 '설마' 하고만 여기던 S의 품안에 있었다.)

"그렇지만 선생님— 그 남자의 성격이 참 좋아요. 담배도 좋고 목소리도 좋고— 이 소설을 읽으면 그 남자의 음성이 꼭— 웅얼웅얼 들려 오는 것 같아요. 이 남자가 같이 죽자면 그때 당해서는 또 모르겠지만 지금 생각 같아서는 저도 죽을 수 있을 것 같아요. 선생님 사람이 정말 죽을 수 있도록 사랑할 수 있나요? 있다면 저도 그런 연애 한번 해보고 싶어요."

(그러나 철부지 C양이여. 연이는 약속한 지 두 주일 되는 날 죽지 말고 우리 살자고 그럽디다. 속았다. 속기 시작한 것은 그때부터다. 나는 어리석게도 살 수 있을 것을 믿었지. 그뿐인가. 연이는 나를 사랑하노라고까지.)

"공과(功課)는 여기까지밖에 안 했어요— 청년이 마지막에는— 멀리 여행을 간다나 봐요. 모든 것을 잊어버리려고."

(여기는 동경이다. 나는 어쩔 작정으로 여기 왔나? 적빈(赤貧)이 여세(如洗)[2]—콕토[3]가 그랬느니

라—재주 없는 예술가야 부질없이 네 빈곤을 내세
우지 말라고. 아— 내게 빈곤을 팔아먹는 재주 외에
무슨 기능이 남아 있누. 여기는 간다쿠 진보초(神田
區 神保町),4) 내가 어려서 제전(帝展)5) 이과(二科)
에 하가키(엽서) 주문하던 바로 게가 예다. 나는 여
기서 지금 앓는다.)

"선생님! 이 여자를 좋아하십니까— 좋아하시지
요— 좋아요—아름다운 죽음이라고 생각해요— 그
렇게까지 사랑을 받는— 남자는 행복되지요— 네—
선생님— 선생님 선생님."

(선생님 이상(李箱) 턱에 입 언저리에 아— 수염
이 숱하게도 났다. 좋게도 자랐다.)

"선생님— 뭘— 그렇게 생각하십니까— 네— 담
배가 다 탔는데— 아이— 파이프에 불이 붙으면 어
떻게 합니까— 눈을 좀— 뜨세요. 이야기는 끝났습

---

2) 적빈이 여세: 찢어지게 가난함.
3) 콕토: 장 콕토(Jean Cocteau). 프랑스의 시인·소설가·배우·화가. 대표작으로
   는 「무서운 아이들」(1929) 등의 소설과 시집 『Poésies』(1920) 등이 있음.
4) 간다쿠 진보초: 동경의 행정구역 이름.
5) 제전: 일본에서 행해지던 제국미술전람회(帝國美術展覽會)의 약자.

니다. 네— 무슨 생각 그렇게 하셨나요."

(아— 참 고운 목소리도 다 있지. 십 리나 먼— 밖에서 들려 오는— 값비싼 시계 소리처럼 부드럽고 정확하게 윤택이 있고— 피아니시모—꿈인가. 한 시간 동안이나 나는 스토리보다는 목소리를 들었다. 한 시간—한 시간같이 길었지만 십 분—나는 졸았나? 아니 나는 스토리를 다 외운다. 나는 자지 않았다. 그 흐르는 듯한 연연한 목소리가 내 감관(感官)을 얼싸안고 목소리가 잤다.)

꿈—꿈이면 좋겠다. 그러나 나는 잔 것도 아니요 또 누웠던 것도 아니다.

3[6]

파이프에 불이 붙으면?

끄면 그만이지. 그러나 S는 껄껄— 아니 빙그레

---

6) 3은 서울에서의 연(姸)이와의 일을 상기하면서 무대와 사건이 이동.

웃으면서 나를 타이른다.

"상(箱)! 연이와 헤어지게. 헤어지는 게 좋을 것 같으니. 상이 연이와 부부? 라는 것이 내 눈에는 똑 부러 그러는 것 같아서 못 보겠네."

"거 어째서 그렇다는 건가."

이 S는, 아니 연이는 일찍이 S의 것이었다. 오늘 나는 S와 더불어 담배를 피우면서 마주 앉아 담소할 수 있었다. 그러면 S와 나 두 사람은 친우였던가.

"상! 자네 「EPIGRAM(경구)」이라는 글 내 읽었지. 한 번— 허허— 한 번. 상! 상의 서푼짜리 우월감이 내게는 우쉬 죽겠다는 걸세. 한 번? 한 번— 허허— 한 번."

"그러면(나는 실신할 만치 놀란다) 한 번 이상— 몇 번. S! 몇 번인가."

"그저 한 번 이상이라고만 알아 두게나그려."

꿈—꿈이면 좋겠다. 그러나 10월 23일부터 10월 24일까지 나는 자지 않았다. 꿈은 없다.

(천사는—어디를 가도 천사는 없다. 천사들은 다 결혼해 버렸기 때문에다.)

23일 밤 열시부터 나는 가지가지 재주를 다 피워 가면서 연이를 고문했다.

24일 동이 훤—하게 터올 때쯤에야 연이는 겨우 입을 열었다. 아! 장구한 시간!

"첫 번— 말해라."

"인천 어느 여관."

"그건 안다. 둘째 번— 말해라."

"……"

"말해라."

"N빌딩 S의 사무실."

"셋째 번— 말해라."

"……"

"말해라."

"동소문 밖 음벽정."

"넷째 번— 말해라."

"……"

"말해라."

"……"

"말해라."

머리맡 책상 서랍 속에는 서슬이 퍼런 내 면도칼이 있다. 경동맥을 따면— 요물은 선혈이 댓줄기 뻗치듯 하면서 급사하리라. 그러나—

나는 일찌감치 면도를 하고 손톱을 깎고 옷을 갈아입고 그리고 예년 10월 24일경에는 사체가 며칠 만이면 썩기 시작하는지 곰곰 생각하면서 모자를 쓰고 인사하듯 다시 벗어 들고 그리고 방—연이와 반년 침식을 같이 하던 냄새나는 방을 휘— 둘러 살피자니까 하나 사다 놓네 놓네 하고 기어이 뜻을 이루지 못한 금붕어도— 이 방에는 가을이 이렇게 짙었건만 국화 한 송이 장식이 없다.

4[7]

그러나 C양의 방에는 지금— 고향에서는 스케이트를 지친다는데— 국화 두 송이가 참 싱싱하다.

---

7) 4는 2에 이어지는 것으로, 다시 현실로 돌아와 동경 C양의 방으로 이동.

이 방에는 C군과 C양이 산다. 나는 C양더러 '부인'이라고 그랬더니 C양은 성을 냈다. 그러나 C군에게 물어 보면 C양은 '아내'란다. 나는 이 두 사람 중의 누구라고 정하지 않고 내 동경생활이 하도 적막해서 지금 이 방에 놀러 왔다.

언더 더 워치— 시계 아래서의 렉처(강의)는 끝났는데 C군은 조선 곰방대를 피우고 나는 눈을 뜨지 않는다. C양의 목소리는 꿈같다. 인토네이션이 없다. 흐르는 것같이 끊임없으면서 아주 조용하다.

나는 그만 가야겠다.

"선생님(이것은 실로 이상 옹을 지적하는 참담한 인칭대명사다) 왜 그러세요— 이 방이 기분이 나쁘세요?(기분? 기분이란 말은 필시 조선말은 아니리라) 더 놀다 가세요— 아직 주무실 시간도 멀었는데 가서 뭐 하세요? 네? 얘기나 하세요."

나는 잠시 그 계간유수(溪間流水) 같은 목소리의 주인 C양의 얼굴을 들여다본다. C군이 범과 같이 건강하니까 C양은 혈색이 없이 입술조차 파르스레하다. 이 오사게8)라는 머리를 한 소녀는 내일 학교에 간다. 가서 언더 더 워치의 계속을 배운다.

사람이—비밀이 없다는 것은 재산 없는 것처럼 가난하고 허전한 일이다.

강사는 C양의 입술이 C양이 좀 횟배를 앓는다는 이유 외에 또 무슨 이유로 조렇게 파르스레한가를 아마 모르리라.

강사는 맹랑한 질문 때문에 잠깐 얼굴을 붉혔다가 다시 제 지위의 현격히 높은 것을 느끼고 그리고 외쳤다.

"쪼꾸만 것들이 무얼 안다고—"

그러나 연이는 히힝 하고 코웃음을 쳤다. 모르기는 왜 몰라— 연이는 지금 방년이 이십, 열여섯 살때 즉 연이가 여고 때 수신과 체조를 배우는 여가에 간단한 속옷을 찢었다. 그리고 나서 수신과 체조는 여가에 가끔 하였다.

여섯— 일곱— 여덟— 아홉— 열

다섯 해—개꼬리도 삼 년만 묻어 두면 황모(黃毛)

---

8) 오사게: 소녀의 땋아 늘인 머리.

가 된다든가 안 된다든가 원—

수신 시간에는 학감선생님, 할팽(割烹)[9] 시간에는 올드미스 선생님, 국문 시간에는 곰보딱지 선생님.

"선생님 선생님— 이 귀염성스럽게 생긴 연이가 엊저녁에 무엇을 했는지 알아내면 용하지."

흑판 위에는 '요조숙녀'라는 액(額)의 흑색이 임리(淋漓)하다.

"선생님 선생님— 제 입술이 왜 요렇게 파르스레한지 알아맞히신다면 참 용하지."

연이는 음벽정(飮碧亭)에 가던 날도 R영문과에 재학중이다. 전날 밤에는 나와 만나서 사랑과 장래를 맹세하고 그 이튿날 낮에는 기성과 호손을 배우고 밤에는 S와 같이 음벽정에 가서 옷을 벗었고 그 이튿날은 월요일이기 때문에 나와 같이 같은 동소문 밖으로 놀러 가서 베제(키스)했다. S도 K교수도 나도 연이가 엊저녁에 무엇을 했는지 모른다. S도 K교수도 나도 바보요, 연이만이 홀로 눈 가리고 야옹

---

9) 할팽: 고기를 베어 삶는 것, 곧 요리.

하는 데 희대의 천재다.

연이는 N빌딩에서 나오기 전에 WC라는 데를 잠깐 들르지 않으면 안 되었다. 나오면 남대문통 십오 간 대로 GO STOP의 인파.

"여보시오 여보시오, 이 연이가 저 이층 바른편에서부터 둘째 S씨의 사무실 안에서 지금 무엇을 하고 나왔는지 알아맞히면 용하지."

그때에도 연이의 살결에서는 능금과 같은 신선한 생광(生光)이 나는 법이다. 그러나 불쌍한 이상 선생님에게는 이 복잡한 교통을 향하여 빈정거릴 아무런 비밀의 재료도 없으니 내가 재산 없는 것보다도 더 가난하고 싱겁다.

"C양! 내일도 학교에 가셔야 할 테니까 일찍 주무셔야지요."

나는 부득부득 가야겠다고 우긴다. C양은 그럼 이 꽃 한 송이 가져다가 방에다 꽂아 놓으란다.

"선생님 방은 아주 살풍경이라지요?"

내 방에는 화병도 없다. 그러나 나는 두 송이 가운데 흰 것을 달래서 왼편 깃에다가 꽂았다. 꽂고 나는 밖으로 나왔다.

5[10]

국화 한 송이도 없는 방 안을 휘— 한번 둘러보았
다. 잘— 하면 나는 이 추악한 방을 다시 보지 않아
도 좋을 수도 있을까 싶었기 때문에 내 눈에는 눈물
도 괼밖에.

나는 썼다 벗은 모자를 다시 쓰고 나니까 그만하
면 내 연이에게 대한 인사도 별로 유루(遺漏)없이
다 된 것 같았다.

연이는 내 뒤를 서너 발자국 따라왔던가 싶다. 그
러나, 나는 예년 10월 24일경에는 사체(死體)가 며
칠 만이면 상하기 시작하는지 그것이 더 급했다.

"상! 어디 가세요?"

나는 얼떨결에 되는 대로,

_____

10) 5는 다시 서울 연이의 방. 4에서 C양의 방에서 나온 것이 5의 의식 속에서는
    연이의 방에서 나온 것으로 되어 있음.

"동경."

물론 이것은 허담이다. 그러나 연이는 나를 만류하지 않는다. 나는 밖으로 나갔다.

나왔으니, 자— 어디로 어떻게 가서 무엇을 해야 되누.

해가 서산에 지기 전에 나는 이삼 일 내로는 반드시 썩기 시작해야 할 한 개 '사체(死體)'가 되어야만 하겠는데, 도리는?

도리는 막연하다. 나는 십 년 긴— 세월을 두고 세수할 때마다 자살을 생각하여 왔다. 그러나 나는 결심하는 방법도 결행하는 방법도 아무것도 모르는 채다.

나는 온갖 유행약을 암송하여 보았다.

그리고 나서는 인도교, 변전소, 화신상회 옥상, 경원선 이런 것들도 생각해 보았다.

나는 그렇다고—정말 이 온갖 명사의 나열은 가소롭다—아직 웃을 수는 없다.

웃을 수는 없다. 해가 저물었다. 급하다. 나는 어딘지도 모를 교외에 있다. 나는 어쨌든 시내로 들어가야만 할 것 같았다. 시내—사람들은 여전히 그 알아볼 수 없는 낯짝들을 쳐들고 와글와글 야단이다. 가등이 안개 속에서 축축해한다. 영경(英京) 윤돈(倫敦)11)이 이렇다지—

6 12)

NAUKA사가 있는 진보초 스즈란도(神保町 鈴蘭洞)에는 고본(古本) 야시가 선다. 섣달 대목—이 스즈란도도 곱게 장식되었다. 이슬비에 젖은 아스팔트를 이리 디디고 저리 디디고 저녁 안 먹은 내 발길은 자못 창랑(蹌踉)하였다. 그러나 나는 최후의 이십 전을 던져 타임스판 상용영어 사천 자라는 서적을 샀다. 사천 자—

사천 자면 많은 수효다. 이 해양(海洋)만한 외국어를 겨드랑에 낀 나는 섣불리 배고파할 수도 없다.

---

11) 윤돈: 런던(London)의 한자 표기.
12) 6은 4에 이어지는 현실의 동경.

아— 나는 배부르다.

진따—(옛날 활동사진 상설관에서 사용하던 취주악대) 진동야13)의 진따가 슬프다.

진따는 전원 네 사람으로 조직되었다. 대목의 한몫을 보려는 소백화점의 번영을 위하여 이 네 사람은 클라리넷과 코넷과 북과 소고(小鼓)를 가지고 선조 유신 당초에 부르던 유행가를 연주한다. 그것은 슬프다 못해 기가 막히는 가각풍경(街角風景)이다. 왜? 이 네 사람은 네 사람이 다 묘령의 여성들이더니라. 그들은 똑같이 진홍색 군복과 군모와 '꼭구마'14)를 장식하였더니라.

아스팔트는 젖었다. 스즈란도 좌우에 매달린 그 은방울꽃[鈴蘭]모양 가등(街燈)도 젖었다. 클라리넷 소리도—눈물에—젖었다.

그리고 내 머리에는 안개가 자욱이 끼었다.

영국 윤돈이 이렇다지?

"이상!은 무슨 생각을 그렇게 하십니까?"

---

13) 진동야: 영화관인 듯.
14) 꼭구마: '꼬꼬마'. 군졸의 모자에 꽂던 붉은 털.

남자의 목소리가 내 어깨를 쳤다. 법정대학 Y군, 인생보다는 연극이 더 재미있다는 이다. 왜? 인생은 귀찮고 연극은 실없으니까.

"집에 갔더니 안 계시길래!"

"죄송합니다."

"엠프레스15)에 가십시다."

"좋—지요."

ADVENTURE IN MANHATTAN16)에서 진 아서17)가 커피 한잔 맛있게 먹더라. 크림을 타 먹으면 소설가 구보(仇甫)18) 씨가 그랬다—쥐 오줌내가 난다고. 그러나 나는 조엘 마크리19)만큼은 맛있게 먹을 수 있었으니—

MOZART의 41번은 '목성'이다. 나는 몰래 모차르트의 환술(幻術)을 투시하려고 애를 쓰지만 공복으로 하여 적이 어지럽다.

---

15) 엠프레스(empress): 동경에 있던 다방이름.
16) ADVENTURE IN MANHATTAN: 영화 제목.
17) 진 아서(Jean Arthur): 뉴욕 출신의 여배우.
18) 구보: 소설가 박태원의 호. 여기에서는 박태원을 지칭함.
19) 조엘 마크리: 미국의 영화배우.

"신주쿠(新宿)[20] 가십시다."

"신주쿠라?"

"NOVA[21]에 가십시다."

"가십시다 가십시다."

마담은 루바슈카.[22] 노바는 에스페란토. 헌팅을 얹은 놈의 심장을 아까부터 벌레가 연해 파먹어 들어간다. 그러면 시인 지용(芝鎔)이여! 이상은 물론 자작의 아들도 아무것도 아니겠습니다그려!

12월의 맥주는 선뜩선뜩하다. 밤이나 낮이나 감방은 어둡다는 이것은 고리키의 「나그네」구슬픈 노래, 이 노래를 나는 모른다.

7[23]

밤이나 낮이나 그의 마음은 한없이 어두우리라.

---

20) 신주쿠: 일본 동경에 있는 번화가.
21) NOVA: 동경 신주쿠에 있었던 맥주홀의 이름. 에스페란토어로 '우리'를 의미.
22) 루바슈카: 러시아 인들이 입는 두꺼운 겨울용 웃옷.
23) 7은 5에 이어 다시 서울로 의식이 옮겨진다.

그러나 유정(兪政)24)아! 너무 슬퍼 마라. 너에게는 따로 할 일이 있느니라.

이런 지비(紙碑)가 붙어 있는 책상 앞이 유정에게 있어서는 생사의 기로다. 이 칼날같이 선 한 지점에 그는 앉지도 서지도 못하면서 오직 내가 오기를 기다렸다고 울고 있다.

"각혈이 여전하십니까?"

"네— 그저 그날이 그날 같습니다."

"치질이 여전하십니까?"

"네— 그저 그날이 그날 같습니다."

안개 속을 헤매던 내가 불현듯이 나를 위하여는 마코—두 갑, 그를 위하여는 배 십 전 어치를, 사가지고 여기 유정을 찾은 것이다. 그러나 그의 유령 같은 풍모를 도회(韜晦)하기 위하여 장식된 무성한 화병에서까지 석탄산 내음새가 나는 것을 지각하였을 때는 나는 내가 무엇 하러 여기 왔나를 추억해 볼 기력조차도 없어진 뒤였다.

---

24) 유정: 소설가 김유정(金裕貞)을 말함.

"신념을 빼앗긴 것은 건강이 없어진 것처럼 죽음의 꼬임을 받기 마치 쉬운 경우더군요."

"이상 형! 형은 오늘이야 그것을 빼앗기셨습니까! 인제— 겨우— 오늘이야— 겨우— 인제."

유정! 유정만 싫다지 않으면 나는 오늘 밤으로 치러 버리고 말 작정이었다. 한 개 요물에게 부상해서 죽는 것이 아니라 이십칠 세를 일기로 하는 불우의 천재가 되기 위하여 죽는 것이다.

유정과 이상—이 신성불가침의 찬란한 정사(情死)—이 너무나 엄청난 거짓을 어떻게 다 주체를 할 작정인지.

"그렇지만 나는 임종할 때 유언까지도 거짓말을 해줄 결심입니다."

"이것 좀 보십시오."

하고 풀어헤치는 유정의 젖가슴은 초롱(草籠)보다도 앙상하다. 그 앙상한 가슴이 부풀었다 구겼다 하면서 단말마의 호흡이 서글프다.

"명일의 희망이 이글이글 끓습니다."

유정은 운다. 울 수 있는 외의 그는 온갖 표정을

다 망각하여 버렸기 때문이다.

"유형! 저는 내일 아침차로 동경 가겠습니다."

"……"

"또 뵈옵기 어려울걸요."

"……"

그를 찾은 것을 몇 번이고 후회하면서 나는 유정을 하직하였다. 거리는 늦었다. 방에서는 연이가 나 대신 내 밥상을 지키고 앉아서 아직도 수없이 지니고 있는 비밀을 만지작만지작하고 있었다. 내 손은 연이 뺨을 때리지는 않고 내일 아침을 위하여 짐을 꾸렸다.

"연이! 연이는 야옹의 천재요. 나는 오늘 불우의 천재라는 것이 되려다가 그나마도 못 되고 도로 돌아왔소. 이렇게 이렇게! 응?"

8[25]

나는 버티다 못해 조그만 종잇조각에다 이렇게 적어 그놈에게 주었다.

"자네도 야웅의 천재인가? 암만해도 천재인가 싶으이. 나는 졌네. 이렇게 내가 먼저 지껄였다는 것부터가 패배를 의미하지."

일고[26] 휘장(一高徽章)이다. HANDSOME BOY—해협 오전 2시의 망토를 두르고 내 곁에 가 버티고 앉아서 동(動)치 않기를 한 시간 (이상?)

나는 그 동안 풍선처럼 잠자코 있었다. 온갖 재주를 다 피워서 이 미목수려(眉目秀麗)한 천재로 하여금 먼저 입을 열도록 갈팡질팡했건만 급기야 나는 졌다. 지고 말았다.

"당신의 텁석부리는 말을 연상시키는구려. 그러면 말아! 다락 같은 말아! 귀하는 점잖기도 하다마는 또 귀하는 왜 그리 슬퍼 보이오? 네?" (이놈은 무례

---

25) 8은 6에 이어서, 다시 현실의 동경의 바를 배경으로 함.
26) 일고: 수재들만 들어가던 명문교인 제일(第一)고등보통학교를 말함.

한 놈이다.)

"슬퍼? 응— 슬플밖에— 20세기를 생활하는데 19세기의 도덕성밖에는 없으니 나는 영원한 절름발이로다. 슬퍼야지— 만일 슬프지 않다면— 나는 억지로라도 슬퍼해야지— 슬픈 포즈라도 해보여야지— 왜 안 죽느냐고? 헤헹! 내게는 남에게 자살을 권유하는 버릇밖에 없다. 나는 안 죽지. 이따가 죽을 것만같이 그렇게 중속(衆俗)을 속여 주기만 하는 거야. 아— 그러나 인제는 다 틀렸다. 봐라. 내 팔. 피골이 상접. 아야아야. 웃어야 할 터인데 근육이 없다. 울려야 근육이 없다. 나는 형해(形骸)다. 나—라는 정체는 누가 잉크 짓는 약으로 지워 버렸다. 나는 오직 내— 흔적일 따름이다."

NOVA의 웨이트리스 나미코는 아부라에(유화)라는 재주를 가진 노라의 따님 코론타이의 누이동생이시다. 미술가 나미코 씨와 극작가 Y군은 4차원 세계의 테마를 불란서 말로 회화한다.

불란서 말의 리듬은 C양의 언더 더 워치 강의처럼 애매하다. 나는 하도 답답해서 그만 울어 버리기로 했다. 눈물이 좔좔 쏟아진다. 나미코가 나를 달랜다.

"너는 뭐냐? 나미코? 너는 엊저녁에 어떤 마치아이(요릿집)에서 방석을 베고 19분 동안— 아니 아니 어떤 빌딩에서 아까 너는 걸상에 포개 앉았었느냐. 말해라— 헤헤- 음벽정? N빌딩 바른편에서부터 둘째 S의 사무실? (아- 이 주책없는 이상아 동경에는 그런 것은 없습네.) 계집의 얼굴이란 다마네기다. 암만 벗기어 보려무나. 마지막에 아주 없어질지언정 정체는 안 내놓느니."

신주쿠의 오전 1시—나는 연애보다도 우선 담배를 피우고 싶었다.

9²⁷⁾

12월 23일 아침 나는 진보초 누옥(陋屋) 속에서

---

27) 9는 동경 C양의 방을 방문하기 전 아침 이야기.

공복으로 하여 발열하였다. 발열로 하여 기침하면서 두 벌 편지는 받았다.

저를 진정으로 사랑하시거든 오늘로라도 돌아와 주십시오. 밤에도 자지 않고 저는 형을 기다리고 있습니다. 유정.

이 편지 받는 대로 곧 돌아오세요. 서울에서는 따뜻한 방과 당신의 사랑하는 연이가 기다리고 있습니다. 연 서(書).

이날 저녁에 부질없는 향수를 꾸짖는 것처럼 C양은 나에게 백국(白菊) 한 송이를 주었느니라. 그러나, 오전 1시 신주쿠역 폼에서 비칠거리는 이상의 옷깃에 백국은 간데없다. 어느 장화가 짓밟았을까. 그러나— 검정 외투에 조화를 단, 댄서— 한 사람. 나는 이국종 강아지올시다. 그러면 당신께서는 또 무슨 방석과 걸상의 비밀을 그 농화장(濃化粧) 그늘에 지니고 계시나이까?

사람이— 비밀 하나도 없다는 것이 참 재산 없는
것보다도 더 가난하외다그려! 나를 좀 보시지요?

종생기(終生記)

극유산호(郄遺珊瑚)[1]—요 다섯 자 동안에 나는 두 자 이상의 오자를 범했는가 싶다. 이것은 나 스스로 하늘을 우러러 부끄러워할 일이겠으나 인지(人智)가 발달해 가는 면목이 실로 약여(躍如)하다.

죽는 한이 있더라도 이 산호 채찍을랑 꽉 쥐고 죽으리라. 내 폐포파립(廢袍破笠) 위에 퇴색한 망해(亡骸) 위에 봉황이 와 앉으리라.

나는 내 「종생기(終生記)」가 천하 눈 있는 선비들

---

[1] 극유산호: 당나라 시인 최국보(崔國輔)의 시 「소년행(少年行)」 시의 한 구절로 '산호를 버린다'는 뜻.
遺却珊瑚鞭　산호 채찍을 잃고 나니
白馬驕不行　백마가 교만해져 가지 않는다.
章臺折楊柳　장대(지명, 유곽 있는 곳)에서 여인을 희롱하니
春日路傍情　봄날 길가의 정경이여.

의 간담을 서늘하게 해놓기를 애틋이 바라는 일념 아래 이만큼 인색한 내 맵시의 절약법을 피력하여 보인다.

일발 포성에 부득이 영웅이 되고 만 희대의 군인 모(某)는 아흔에 귀를 단 황송한 일생을 끝막던 날 이렇다는 유언 한마디를 지껄이지 않고 그 임종의 장면을 곧잘 (무사히 후— 한숨이 나올 만큼) 넘겼다.

그런데 우리들의 레우오치카—애칭 톨스토이—는 괴나리봇짐을 짊어지고 나선 데까지는 기껏 그럴 성싶게 꾸며 가지고 마지막 오 분에 가서 그만 잡쳤다. 자지레한 유언 나부랭이로 말미암아 칠십 년 공든 탑을 무너뜨렸고 허울 좋은 일생에 가실 수 없는 흠집을 하나 내어놓고 말았다.

나는 일개 교활한 옵서버의 자격으로 그런 우매한 성인들의 생애를 방청하여 왔으니 내가 그런 따위의 실수를 알고도 재범할 리가 없는 것이다.

거울을 향하여 면도질을 한다. 잘못해서 나는 생채기를 내인다. 나는 골을 벌컥 내인다.

그러나 와글와글 들끓는 여러 '나'와 나는 정면으

로 충돌하기 때문에 그들은 제각기 베스트를 다하여 제 자신만을 변호하는 때문에 나는 좀처럼 범인을 찾아내기는 어렵다는 것이다.

그러기에 대저 어리석은 민중들은 '원숭이가 사람 흉내를 내네' 하고 마음을 놓고 지내는 모양이지만 사실 사람이 원숭이 흉내를 내고 지내는 바짜 지당한 전고(典故)를 이해하지 못하는 탓이리라.

오호라 일거수 일투족이 이미 아담 이브의 그런 충동적 습관에서는 탈각한 지 오래다. 반사운동과 반사운동 틈바구니에 끼어서 잠시 실로 전광석화만큼 손가락이 자의식의 포로가 되었을 때 나는 모처럼 내 허무한 세월 가운데 한각(閑却)되어 있는 기암(奇岩) 내 콧잔등이를 좀 만지작만지작했다거나, 고귀한 대화와 대화 늘어선 쇠사슬 사이에도 정히 간발을 허용하는 들창이 있나니 그 서슬 퍼런 날[刃]이 자의식을 걷잡을 사이도 없이 양단하는 순간 나는 내 명경같이 맑아야 할 지보(至寶) 두 눈에 혹시 눈곱이 끼지나 않았나 하는 듯이 적절하게 주름살 잡힌 손수건을 꺼내어서는 그 두 눈을 만지작만지작지작했다거나—

내 혼백과 사대(四大)의 점잖은 태만성이 그런 사소한 연화(煙火)들을 일일이 따라다니면서(보고 와서) 내 통괄되는 처소에다 일러바쳐야만 하는 그런 압도적 망쇄(忙殺)를 나는 이루 감당해 내는 수가 없다.

그러나 나는 내 지중(至重)한 산호편(珊瑚鞭)을 자랑하고 싶다.

'쓰레기' '우거지'

이 구지레한 단자(單字)의 분위기를 족하(足下)는 족히 이해하십니까.

족하는 족하가 기독교식으로 결혼하던 날 네이브 앤드 아일(교회 본당과 복도)에서 이 '쓰레기' '우거지'에 근이(近邇)한 감흥을 맛보았으리라고 생각이 되는데 과연 그렇지는 않으십니까.

나는 그런 '쓰레기'나 '우거지' 같은 테이프를—내 종생기 처처에다 가련히 심어 놓은 자자레한 치레를 위하여—뿌려 보려는 것인데—

다행히 박수(拍手)하다. 이상(以上).

'치사(侈奢)²⁾한 소녀는', '해동기의 시냇가에 서서', '입술이 낙화(落花)지듯 좀 파래지면서', '박빙(薄氷) 밑으로는 무엇이 저리도 움직이는가 고', '고개를 갸웃거리는 듯이 숙이고 있는데', '봄 운기를 품은 훈풍이 불어와서', '스커트', 아니 아니, '너무나.' 아니 아니, '좀', '슬퍼 보이는 홍발(紅髮)을 건드리면' 그만. 더 아니다. 나는 한마디 가련한 어휘를 첨가할 성의를 보이자.

'나붓 나붓.'

이만하면 완비된 장치에 틀림없으리라. 나는 내 종생기의 서장을 꾸밀 그 소문 높은 산호편을 더 여실히 하기 위하여 위와 같은 실로 나로서는 너무나 과람(過濫)이 치사스럽고 어마어마한 세간살이를 장만한 것이다.

그런데—

혹 지나치지나 않았나. 천하에 형안이 없지 않으니까 너무 금칠을 아니 했다가는 서툴리 들킬 염려

---

2) 치사: 사치를 거꾸로 쓴 것.

가 있다. 하나—

그냥 어디 이대로 써[用]보기로 하자.

나는 지금 가을바람이 자못 소슬(簫瑟)한 내 구중
중한 방에 홀로 누워 종생하고 있다.

어머니 아버지의 충고에 의하면 나는 추호의 틀림
도 없는 만 이십오 세와 십일 개월의 '홍안 미소년'
이라는 것이다. 그렇건만 나는 확실히 노옹이다. 그
날 하루하루가 '인생은 짧고 예술은 기다랗다' 하는
엄청난 평생이다.

나는 날마다 운명(殞命)하였다. 나는 자던 잠—이 잠
이야말로 언제 시작한 잠이더냐—을 깨이면 내 통절
한 생애가 개시되는데 청춘이 여지없이 탕진되는 것
은 이불을 푹 뒤집어쓰고 누웠지만 역력히 목도한다.

나는 노래(老來)에 빈한한 식사를 한다. 열두 시간
이내에 종생을 맞이하고 그리고 할 수 없이 이리 궁
리 저리 궁리 유언다운 유언이 어디 유실되어 있지
않나 하고 찾고, 찾아서는 그중 의젓스러운 놈으로
몇 추린다.

그러나 고독한 만년(晩年) 가운데 한 구의 에피그램을 얻지 못하고 그대로 처참히 나는 물고(物故)하고 만다.

일생의 하루—

하루의 일생은 대체(위선) 이렇게 해서 끝나고 끝나고 하는 것이었다.

자— 보아라.

이런 내 분장은 좀 과하게 치사스럽다는 느낌은 없을까, 없지 않다.

그러나 위풍당당 일세를 풍미할 만한 참신무비한 햄릿(망언다사)을 하나 출세시키기 위하여는 이만한 출자는 아끼지 말아야 하지 않을까 하는 느낌도 없지 않다.

나는 가을. 소녀는 해동기.

어느제나 이 두 사람이 만나서 즐거운 소꿉장난을 한번 해보리까.

나는 그해 봄에도—

부질없는 세상이 스스러워서 상설(霜雪) 같은 위엄을 갖춘 몸으로 한심한 불우의 일월을 맞고 보내지 않으면 안 되었다.

미문(美文), 미문, 애아(曖呀)3)! 미문.

미문이라는 것은 적이 조처하기 위험한 수작이니라.

나는 내 감상의 꿀방구리 속에 청산 가던 나비처럼 마취혼사(痲醉昏死)하기 자칫 쉬운 것이다. 조심조심 나는 내 맵시를 고쳐야 할 것을 안다.

나는 그날 아침에 무슨 생각에서 그랬던지 이를 닦으면서 내 작성중에 있는 유서 때문에 끙끙 앓았다.

열세 벌의 유서가 거의 완성해 가는 것이었다. 그러나 그 어느 것을 집어내 보아도 다 같이 서른여섯 살에 자수(自殊)한 어느 '천재'가 머리맡에 놓고 간 개세(蓋世)의 일품의 아류에서 일보를 나서지 못했다. 내게 요만 재주밖에는 없느냐는 것이 다시없이 분하고 억울한 사정이었고 또 초조의 근원이었다. 미간을 찌푸리되 가장 고매한 얼굴은 지속해야 할 것을 잊어버리지 않고 그리고 계속하여 끙끙 앓고 있노라니까 (나는 일시일각을 허송하지는 않는다.

---

3) 애아: 백화문에서 사용하는 감탄사. '오오'와 같음.

나는 없는 지혜를 끊이지 않고 쥐어짠다) 속달편지
가 왔다. 소녀에게서다.

선생님! 어젯저녁 꿈에도 저는 선생님을 만나 뵈었습
니다. 꿈 가운데 선생님은 참 다정하십니다. 저를 어린
애처럼 귀여워해 주십니다.

그러나 백일(白日) 아래 표표(飄飄)하신 선생님은 저
를 부르시지 않습니다.

비굴이라는 것이 무슨 빛으로 되어 있나 보시려거든
선생님은 거울을 한번 보아 보십시오. 거기 비치는 선
생님의 얼굴빛이 바로 비굴이라는 것의 빛입니다.

헤어진 부인과 삼 년을 동거하시는 동안에 너 가거라
소리를 한마디도 하신 일이 없다는 것이 선생님 유일의
자만이십니다그려! 그렇게까지 선생님은 인정에 구구
(苟苟)하신가요.

R와도 깨끗이 헤어졌습니다. S와도 절연한 지 벌써
다섯 달이나 된다는 것은 선생님께서도 믿어 주시는 바
지요? 다섯 달 동안 저에게는 아무것도 없습니다. 저의
청절(淸節)을 인정해 주시기 바랍니다. 저의 최후까지

더럽히지 않은 것을 선생님께 드리겠습니다. 저의 희멀건 살의 매력이 이렇게 다섯 달 동안이나 놀고 없는 것은 참 무엇이라고 말할 수 없이 아깝습니다. 저의 잔털 나스르르한 목 영(靈)한 온도가 선생님을 기다리고 있습니다. 선생님이여! 저를 부르십시오. 저더러 영영 오라는 말을 안 하시는 것은 그것 역시 가신 적 경우와 똑같은 이론에서 나온 구구한 인생 변호의 치사스러운 수법이신가요?

영원히 선생님 '한 분'만을 사랑하지요. 어서어서 저를 전적으로 선생님만의 것을 만들어 주십시오. 선생님의 '전용'이 되게 하십시오.

제가 아주 어수룩한 줄 오산하고 계신 모양인데 오산치고는 좀 어림없는 큰 오산이리다.

네 딴은 제법 든든한 줄만 믿고 있는 네 그 안전지대라는 것을 너는 아마 하나 가진 모양인데 그까짓것쯤 내 말 한마디에 사태가 나고 말리라, 이렇게 일러 드리고 싶습니다. 또—

예끼! 구역질나는 인생 같으니 이러고도 싶습니다.

삼월 삼일날 오후 두시에 동소문 버스 정류장 앞으로

꼭 와야 되지 그렇지 않으면 큰일나요. 내 징벌을 안 받지 못하리다.

만 십구 세 이 개월을 맞이하는

정희(貞姬) 올림

이상 선생님께

물론 이것은 죄다 거짓부렁이다. 그러나 그 일촉즉발의 아슬아슬한 용심법(用心法)이, 특히 그 중에도 결미(結尾)의 비견할 데 없는 청초함이 장히 질풍신뢰(疾風迅雷)를 품은 듯한 명문이다.

나는 까무러칠 뻔하면서 혀를 내어둘렀다. 나는 깜빡 속기로 한다. 속고 만다.

여기 이 이상 선생님이라는 허수아비 같은 나는 지난밤 사이에 내 평생을 경력(經歷)했다. 나는 드디어 쭈글쭈글하게 노쇠해 버렸던 차에 아침(이 온 것)을 보고 이키! 남들이 보는 데서는 나는 가급적 어쭙지 않게 (잠을) 자야 되는 것이거늘, 하고 늘 이를 닦고 그리고는 도로 얼른 자버릇하는 것이었다. 오늘도 또 그럴 셈이었다.

사람들은 나를 보고 짐짓 기이하기도 해서 그러는지 경천동지의 육중한 경륜을 품은 사람인가 보다고들 속는다. 그러니까 그렇게 하는 것이 내 시시한 자세나마 유지시킬 수 있는 유일무이의 비결이었다. 즉 나는 남들 좀 보라고 낮에 잔다.

그러나 그 편지를 받고 흔희작약(欣喜雀躍), 나는 개세의 경륜과 유서의 고민을 깨끗이 씻어 버리기 위하여 바로 이발소로 갔다. 나는 여간 아니 호걸답게 입술에다 치분(齒粉)을 허옇게 묻혀 가지고는 그 현란한 거울 앞에 가앉아 이제 호화장려하게 개막하려 드는 내 종생을 유유히 즐기기로 거기 해당하게 내 맵시를 수습하는 것이었다.

우선 그 작소(鵲巢)라는 뇌명(雷名)까지 있는 봉발(蓬髮)을 썰어서 상고머리라는 것을 만들었다. 오각수(五角鬚)는 깨끗이 도태(淘汰)해 버렸다. 귀를 우비고 코털을 다듬었다. 안마도 했다. 그리고 비누세수를 한 다음 문득 거울을 들여다보니 품 있는 데라고는 한 귀퉁이도 없어 보이는 듯하면서 또한 태생을 어찌 어기리요, 좋도록 말해서 라파엘 전파(前

派) 일원같이 그렇게 청초한 백면서생이라고도 보아줄 수 있지 하고 실없이 제 얼굴을 미남자거니 고집하고 싶어하는 구지레한 욕심을 내심 탄식하였다.

아차! 나에게도 모자가 있다. 겨우내 꾸겨 박질러 두었던 것을 부득부득 끄집어내어다 십오 분간 세탁소로 가지고 가서 멀쩡하게 만들었다. 그리고 흰 바지저고리에 고동색 대님을 다 치고 차림차림이 제법 이색(異色)이었다. 공단은 못 되나마 능직(綾織) 두루마기에 이만하면 고왕금래(古往今來) 모모한 천재의 풍모에 비겨도 조금도 손색이 없으리라. 나는 내 그런 여간 이만저만하지 않은 풍모를 더욱더욱 이만저만하지 않게 모디파이어(수식)하기 위하여 가늘지도 굵지도 않은 그다지 알맞은 단장(短杖)을 하나 내 손에 쥐어 주어야 할 것도 때마침 잊어버리지는 않았다.

별수없이―

오늘이 즉 삼월 삼일인 것이다.

나는 점잖게 한 삼십 분쯤 지각해서 동소문 지정 받은 자리에 도착하였다. 정희는 또 정희대로 아주 정희답게 한 삼십 분쯤 일찍 와서 있다.

　정희의 입상(立像)은 제정 러시아적 우표딱지처럼 적잖이 슬프다. 이것은 아직도 얼음을 품은 바람이 해토(解土)머리답게 싸늘해서 말하자면 정희의 모양을 얼마간 침통하게 해보인 탓이렷다.

　나는 이런 경우에 천만뜻밖에도 눈물이 핑 눈에 그뜩 돌아야 하는 것이 꼭 맞는 원칙으로서의 의표가 아닐까 그렇게 생각하면서 저벅저벅 정희 앞으로 다가갔다.

　우리 둘은 이 땅을 처음 찾아온 제비 한 쌍처럼 잘 앙증스럽게 만보(漫步)하기 시작했다. 걸어가면서도 나는 내 두루마기에 잡히는 주름살 하나에도, 단장을 한번 휘젓는 곡절에도 세세히 조심한다. 나는 말하자면 내 우연한 종생을 감쪽스럽도록 찬란하게 허식(虛飾)하기 위하여 내 박빙(薄氷)을 밟는 듯한 포즈를 아차 실수로 무너뜨리거나 해서는 절대로 안 된다는 것을 굳게굳게 명(銘)하고 있는 까닭이다.

　그러면 맨 처음 발언으로는 나는 어떤 기절참절

(奇絶慘絶)한 경구를 내어놓아야 할 것인가, 이것 때문에 또 잠깐 머뭇머뭇하지 않을 수도 없었지만 그렇다고 바로 대고 거 어쩌면 그렇게 똑 제정 러시아적 우표딱지같이 초초(楚楚)하니 어쩌니 하는 수는 차마 없다.

나는 선뜻,

"설마가 사람을 죽이느니."

하는 소리를 저 뱃속에서부터 우러나오는 듯한 그런 가라앉은 목소리에 꽤 명료한 발음을 얹어서 정희 귀 가까이다 대고 지껄여 버렸다. 이만하면 아마 그 경우의 최초의 발성으로는 무던히 성공한 편이리라. 뜻인즉, 네가 오라고 그랬다고 그렇게 내가 불쑥 올 줄은 너 꿈에도 생각하지 못했으리라는 꼼꼼한 의도다.

나는 아침 반찬으로 콩나물을 삼 전 어치는 안 팔겠다는 것을 교묘히 무사히 삼 전 어치만 살 수 있는 것과 같은 미끈한 쾌감을 맛본다. 내 딴은 다행히 노랑돈 한푼도 참 용하게 낭비하지는 않은 듯싶었다.

그러나 그런 내 청천(晴天)에 벽력(霹靂)이 떨어진 것 같은 인사에 대하여 정희는 실로 대답이 없다. 이것은 참 큰일이다.

아이들이 고추 먹고 맴맴 담배 먹고 맴맴 하고 노는 그런 암팡진 수단으로 그냥 단번에 나를 어지러 뜨려서는 넘어뜨려 버릴 작정인 모양이다.

정말 그렇다면!

이 상쾌한 정희의 확호(確乎) 부동자세야말로 엔간치 않은 출품(出品)이 아닐 수 없다. 내가 내어놓은 바 살인촌철(殺人寸鐵)은 그만 즉석에서 분쇄되어 가엾은 부작(不作)으로 내려 떨어지고 마는 것이다, 하고 나는 느꼈다.

나는 나로서 할 수 있는 가장 큰 규모의 손짓 발짓을 한번 해보이고 이윽고 낙담하였다는 것을 표시하였다. 일이 여기 이른 바에는 내 포즈 여부가 문제 아니다. 표정도 인제 더 써먹을 것이 남아 있을 성싶지도 않고 해서 나는 겸연쩍게 안색을 좀 고쳐 가지고 그리고 정희! 그럼 나는 가겠소, 하고 깍듯이 인사하고 그리고?

나는 발길을 돌려서 집을 향해 걷기 시작했다. 내 파란만장의 생애가 자지레한 말 한마디로 하여 그만 회신(灰燼)으로 돌아가고 만 것이다. 나는 세상에도 참혹한 풍채 아래서 내 종생을 치른 것이다고 생각하면서 그렇다면 그럼 그럴 성싶기도 하게 단장도 한두 번 휘두르고 입도 좀 일기죽일기죽 해보기도 하고 하면서 행차하는 체해 보인다.

오 초— 십 초— 이십 초— 삼십 초— 일 분—

결코 뒤를 돌아다보거나 해서는 못쓴다. 어디까지든지 사심 없이 패배한 체하고 걷는 체한다. 실심한 체한다.

나는 사실은 좀 어지럽다. 내 쇠약한 심장으로는 이런 자약(自若)한 체조를 그렇게 장시간 계속하기가 썩 어려운 것이다.

묘지명(墓誌名)이라. 일세의 귀재 이상은 그 통생(通生)의 대작 「종생기」한 편을 남기고 서력 기원 후 일천구백삼십칠년 정축 삼월 삼일 미시(未時) 여기 백일 아래서 그 파란만장(?)의 생애를 끝막고 문득 졸(卒)하다. 향년 만 이십오 세와 십일 개월. 오호라! 상심 크다. 허탈이야 잔존하는 또 하나의 이상 구천을 우러러 호곡하고 이 한산(寒山) 일편석(一片石)을 세우노라. 애인 정희는 그대의 몰후(歿後) 수삼 인의 비첩(祕妾) 된 바 있고 오히려 장수하니 지하의 이상아! 바라건댄 명목(瞑目)하라.

그리 칠칠치는 못하나마 이만큼 해가지고 이꼴 저꼴 구지레한 흠집을 살짝 도회(韜晦)하기로 하자. 고만 실수는 여상(如上)의 묘기로 겸사겸사 메우고 다시 나는 내 반생의 진용 후일에 관해 차근차근 고려하기로 한다. 이상(以上).

역대의 에피그램과 경국(傾國)의 철칙(鐵則)이 다 내게 있어서는 내 위선을 암장하는 한 스무드한 구실에 지나지 않는다. 실로 나는 내 낙명(落命)의 자리에서도 임종의 합리화를 위하여 코로[4]처럼 도색(挑色)의 팔레트를 볼 수도 없거니와 톨스토이처럼 탄식해 주고 싶은 쥐꼬리만한 금언의 추억도 가지지 않고 그냥 난데없이 다리를 삐어 넘어지듯이 스

---

4) 코로(J. B. C. Corot, 1796~1875). 프랑스의 화가. 인상파에 영향 미친 풍경화가.

르르 죽어 가리라.

거룩하다는 칭호를 휴대하고 나를 찾아오는 '연애'라는 것을 응수하는 데 있어서도 어디서 어떤 노소간의 의뭉스러운 선인들이 발라 먹고 내어버린 그런 유훈(遺訓)을 나는 헐값에 거둬들여다가는 제련(製鍊) 재탕 다시 써먹는다. 는 줄로만 알았다가도 또 내게 혼나는 경우가 있으리라.

나는 찬밥 한술 냉수 한모금을 먹고도 넉넉히 일세를 위압할 만한 '고언(苦言)'을 적적(摘摘)할 수 있는 그런 지혜의 실력을 가졌다.

그러나 자의식의 절정 위에 발돋움을 하고 올라선 단말마의 비결을 보통 야시(夜市) 국수 버섯을 팔러 오신 시골 아주먼네에게 서너 푼에 그냥 넘겨 주고 그만두는 그렇게까지 자신의 에티켓을 미화시키는 겸허의 방식도 또한 나는 무루(無漏)히 터득하고 있는 것이다 당목(瞠目)할지어다. 이상(以上).

난마(亂麻)와 같이 갈피를 잡을 수 없는 얼마간 비극적인 자기 탐구(自己探求).

이런 흙발 같은 남루한 주제는 문벌이 버젓한 나

로서 채택할 신세가 아니거니와 나는 태서(泰西)의 에티켓으로 차 한잔을 마실 적의 포즈에 대하여도 세심하고 세심한 용의가 필요하다.

휘파람 한번을 분다 치더라도 내 극비리에 정선(精選) 은닉된 절차를 온고(溫古)하여야만 한다. 그런 다음이 아니고는 나는 희망 잃은 황혼에서도 휘파람 한마디를 마음대로 불 수는 없는 것이다.

동물에 대한 고결한 지식?

사슴, 물오리, 이 밖의 어떤 종류의 동물도 내 애니멀 킹덤(동물 왕국)에서는 낙탈(落脫)되어 있어야 한다. 나는 이 수렵용으로 귀여히 가여히 되어 먹어 있는 동물 외의 동물에 언제든지 무가내하(無可奈何)로 무지하다.

또—

그럼 풍경에 대한 오만한 처신법?

어떤 풍경을 묻지 않고 풍경의 근원, 중심, 초점이 말하자면 나 하나 '도련님'다운 소행에 있어야 할 것을 방약무인으로 강조한다. 나는 이 맹목적 신조를 두 눈을 그대로 딱 부르감고 믿어야 된다.

자진한 '우매', '몰각(歿覺)'이 참 어렵다.

보아라. 이 자득(自得)하는 우매의 절기(絶技)를! 몰각의 절기를.

백구(白鷗)는 의백사(宜白沙)하니 막부춘초벽(莫赴春草碧)[5]하라.

이태백(李太白). 이 전후만고의 으리으리한 '화족(華族).' 나는 이태백을 닮기도 해야 한다. 그러기 위하여 오언절구 한 줄에서도 한 자 가량의 태연자약한 실수를 범해야만 한다. 현란한 문벌이 풍기는 가히 범할 수 없는 기품과 세도가 넉넉히 고시(古詩) 한 절쯤 서슴지 않고 생채기를 내어놓아도 다들 어수룩한 체들 하고 속느니 하는 교만한 미신이다.

곱게 빨아서 곱게 다리미질을 해놓은 한 벌 슈미즈에 꼬박 속는 청절(淸節)처럼 그렇게 아담하게 나는 어떠한 질차(跌蹉)에서도 거뜬하게 얄미운 미소와 함께 일어나야만 하는 것이니까.

오늘날 내 한 씨족이 분명치 못한 소녀에게 섣불

---

5) 막부춘초벽: '백구는 흰 모래와 어울린다는 것, 따라서 봄풀의 푸르름에 가지 말라'는 뜻으로 이백(李白)의 시구에 나오는 구절.

리 딴죽을 걸려 넘어진다기로서니 이대로 내 숙망의 호화유려한 종생을 한 방울 하잘것없는 오점을 내는 채 투시(投匙)6)해서야 어찌 초지(初志)의 만일(萬一)에 응답할 수 있는 면목이 족히 서겠는가, 하는 허울 좋은 구실이 영일(永日) 밤보다도 오히려 한뼘 짧은 내 전정(前程)에 대두하기 시작하는 것이었다.

완만, 착실한 서술!

나는 과히 눈에 띌 성싶지 않은 한 지점을 재재바르게 붙들어서 거기서 공중 담배를 한 갑 사(주머니에 넣고) 피워 물고 정희의 뻰—한 걸음을 다시 뒤따랐다.

나는 그저 일상의 다반사를 간과하듯이 범연하게 휘파람을 불고, 내 구두 뒤축이 아스팔트를 디디는 템포 음향, 이런 것들의 귀찮은 조절에도 깔끔히 정신차리면서 넉넉잡고 삼 분, 다시 돌친 걸음은 정희와 어깨를 나란히 걸을 수 있었다. 부질없는 세상에

---

6) 투시: 숟가락을 놓다, 곧 죽는다는 뜻.

제 심각하면, 침통하면 또 어쩌겠느냐는 듯싶은 서운한 눈의 위치를 동소문 밖 신개지 풍경 어디라고 정치 않은 한 점에 두어 두었으니 보라는 듯한 부득부득 지근거리는 자세면서도 또 그렇지도 않을 성싶은 내 묘기 중에도 묘기를 더한층 허겁지겁 연마하기에 골똘하는 것이었다.

일모(日暮) 청산—

날은 저물었다. 아차! 저물지 않은 것으로 하는 것이 좋을까 보다.

날은 아직 저물지 않았다.

그러면 아까 장만해 둔 세간 기구를 내세워 어디 차근차근 살림살이를 한번 치러 볼 천우의 호기가 내 앞으로 다다랐나 보다. 자—

태생은 어길 수 없어 비천한 '티'를 감추지 못하는 딸—(전기(前記) 치사한 소녀 운운은 어디까지든지 이 바보 이상의 호의에서 나온 곡해다. 모파상의 「지방(脂肪) 덩어리」를 생각하자. 가족은 미만 십사 세의 딸에게 매음시켰다. 두 번째는 미만 십구 세의 딸이 자진했다. 아— 세 번째는 그 나이 스물두 살이 되던 해 봄에 얹은 낭자를 내리우고 게다 다홍 댕기를 들여 늘어뜨려 편발 처자를 위조하여서는 대거(大擧)하여 강행(强行)으로 매낏(賣喫)하여 버렸다.)

비천한 뉘 집 딸이 해빙기의 시냇가에 서서 입술이 낙화지듯 좀 파래지면서 박빙 밑으로는 무엇이 저리도 움직이는가고 고개를 갸웃거리는 듯이 숙이고 있는데 봄 방향(芳香)을 품은 훈풍이 불어와서 스커트, 아니 너무나, 슬퍼 보이는, 아니, 좀 슬퍼 보이는 홍발(紅髮)을 건드리면—

좀 슬퍼 보이는 홍발을 나붓나붓 건드리면—

여상(如上)이다. 이 개기름 도는 가소로운 무대를 앞에 두고 나는 나대로 나다웁게 가문이라는 자지레한 '투(套)'는 어떤 일이 있더라도 잊어버리지 않고 채석장 희멀건 단층을 건너다보면서 탄식 비슷이,

"지구를 저며 내는 사람들은 역시 자연 파괴자리라."
는 둥,

"개아미집이야말로 과연 정연하구나."
라는 둥,

"비가 오면, 아— 천하에 비가 오면."

"작년에 났던 초목이 올해에도 또 돋으려누, 귀불귀(歸不歸)란 무엇인가."

라는 둥—

치레 잘 하면 제법 의젓스러워도 보일 만한 가장 한산한 과제로만 골라서 점잖게 방심해 보여 놓는다.

정말일까? 거짓말일까. 정희가 불쑥 말을 한다. 한 소리가 "봄이 이렇게 왔군요" 하고 윗니는 좀 사이가 벌어져서 보기 흉한 듯하니까 살짝 가리고 곱다고 자처하는 아랫니를 보이지 않으려고 했지만 부지불식간에 그렇게 내어다보인 것을 또 어쩝니까 하는 듯싶이 가증하게 내어보이면서 또 여간해서 어림이 서지 않는 어중간한 얼굴을 그 위에 얹어 내세우는 것이었다.

좋아, 좋아, 좋아. 그만하면 잘 되었어.

나는 고개 대신에 단장을 끄떡끄떡해 보이면서 창졸간에 그만 정희 어깨 위에다 손을 얹고 말았다.

그랬더니 정희는 적이 해괴해하노라는 듯이 잠시는 묵묵하더니—

정희도 문벌이라든가 혹은 간단히 말해 에티켓이라든가 제법 배워서 짐작하노라고 속삭이는 것이 아닌가.

꿀꺽!

넘어가는 내 지지한 종생, 이렇게도 실수가 허(許)해서야 물질적 전생애를 탕진해 가면서 사수하여 온 산호편(珊瑚篇)의 본의가 대체 어디 있느냐? 내내 울화가 북받쳐 혼도(昏倒)할 것 같다.

흥천사(興天寺) 으슥한 구석방에 내 종생의 갈력(竭力)이 정희를 이끌어들이기도 전에 나는 밤 쓸쓸히 거짓말깨나 해놓았나 보다.

나는 내가 그윽이 음모한 바 천고불역(千古不易)의 탕아, 이상의 자지레한 문학의 빈민굴을 교란시키고자 하던 가지가지 진기한 연장이 어느 겨를에 빼물르기 시작한 것을 여기서 깨달아야 되나 보다. 사회는 어떠쿵, 도덕이 어떠쿵, 내면적 성찰 추구 적발 징벌은 어떠쿵, 자의식 과잉이 어떠쿵, 제 깜냥에 번지레한 칠을 해내어 건 치사스러운 간판들이 미상불 우스꽝스럽기가 그지없다.

'독화(毒花).'

족하는 이 꼭두각시 같은 어휘 한마디를 잠시 맡아 가지고 계셔 보구려?

예술이라는 허망한 아궁지 근처에서 송장 근처에서보다도 한결 더 썰썰 기고 있는 그들 해반주룩한 사도(死都)의 혈족(血族)들 땟국내 나는 틈에 가 끼기워서, 나는—

내 계집의 치마 단속곳을 갈가리 찢어 놓았고, 버선 켤레를 걸레를 만들어 놓았고, 검던 머리에 곱던 양자(樣姿), 영악한 곰의 발자국이 질컥 디디고 지나간 것처럼 얼굴을 망가뜨려 놓았고, 지기(知己) 친척의 돈을 뭉청 떼어먹었고, 좌수터 유래 깊은 상호(商號)를 쑥밭을 만들어 놓았고, 겁쟁이 취리자(取利者)는 고랑떼를 먹여 놓았고, 대금업자의 수금인을 졸도시켰고, 사장과 취체역(取締役)[7]과 사돈과 아범과 아비와 처남과 처제와 또 아비와 아비의 딸과 딸이 허다(許多) 중생으로 하여금 서로서로 이

---

7) 취체역: 주식회사의 '이사(理事)'의 옛말.

간을 붙이고 붙이게 하고 얼버무려서 싸움질을 하게 해놓았고, 사글셋방 새 다다미에 잉크와 요강과 팥죽을 엎질렀고, 누구누구를 임포텐스를 만들어 놓았고—

'독화'라는 말의 콕 찌르는 맛을 그만하면 어렴풋이나마 어떻게 짐작이 서는가 싶소이까.

잘못 빚은 중편 같은 시 몇 줄 소설 서너 편을 꿰어차고 조촐하게 등장하는 것을 아 무엇인 줄 알고 깜빡 속고 섣불리 손뼉을 한두 번 쳤다는 죄로 제 계집 간음당한 것보다도 더 큰 망신을 일신에 짊어지고 그리고는 앙탈 비슷이 시치미를 떼지 않으면 안 되는 어디까지든지 치사스러운 예의절차—마귀(터주가)의 소행(덧났다)이라고 돌려 버리자?

'독화.'

물론 나는 내일 새벽에 내 길들은 노상에서 무려 내게 필적하는 한 숨은 탕아를 해후할는지도 마치 모르나, 나는 신바람이 난 무당처럼 어깨를 치켰다 젖혔다 하면서라도 풍마우세(風磨雨洗)의 고행을 얼른 그렇게 쉽사리 그만두지는 않는다.

아— 어쩐지 전신이 몹시 가렵다. 나는 무연(無緣)한 중생의 뭇 원한 탓으로 악역(惡疫)의 범함을 입나 보다. 나는 은근히 속으로 앓으면서 토일렛(화장실) 정한 대야에다 양손을 정하게 씻은 다음 내 자리로 돌아와 앉아 차근차근 나 자신을 반성 회오—쉬운 말로 자지레한 세음을 좀 놓아 보아야겠다.

에티켓? 문벌? 양식? 번신술(翻身術)?

그렇다고 내가 찔끔 정희 어깨 위에 얹었던 손을 뚝 떼인다든지 했다가는 큰 망발이다. 일을 잡치리라. 어디까지든지 내 뺨의 홍조만을 조심하면서 좋아, 좋아, 좋아, 그래만 주면 된다. 그리고 나서 피차 다 알아들었다는 듯이 어깨에 손을 얹은 채 어깨를 나란히 홍천사 경내로 들어갔다. 가서 길을 별안간 잃어버린 것처럼 자분참 산 위로 올라가 버린다. 산 위에서 이번에는 정말 포즈를 하릴없이 무너뜨렸다는 것처럼 정교하게 머뭇머뭇해 준다. 그러나 기실 말짱하다.

풍경 소리가 똑 알맞다. 이런 경우에는 제법 번듯한 식자(識字)가 있는 사람이면—

아— 나는 왜 늘 항례(恒例)에서 비켜 서려 드는 것일까? 잊었느냐? 비싼 월사(月謝)를 바치고 얻은 고매한 학문과 예절을.

현역 육군 중좌에게서 받은 추상열일(秋霜烈日)의 훈육을 왜 나는 이 경우에 버젓하게 내세우지를 못하느냐?

창연한 고찰 유루(遺漏)없는 장치에서 나는 정신 차려야 한다. 나는 내 쟁쟁한 이력을 솔직하게 써먹어야 한다. 나는 고개를 숙이고 담배를 한 대 피워 물고 도장(屠場)에 들어가는 소, 죽기보다 싫은 서투르고 근질근질한 포즈 체모독주(體貌獨奏)에 어지간히 성공해야만 한다.

그랬더니 그만두잔다. 당신의 그 어림없는 몸치렐랑 그만두세요. 저는 어지간히 식상이 되었습니다 한다.

그렇다면?

내 꾸준한 노력도 일조일석에 수포로 돌아가는 것이 아닌가.

대체 정희라는 가련한 '석녀(石女)'가 제 어떤 재

간으로 그런 음흉한 내 간계를 요만큼까지 간파했다는 것이다.

일시에 기진한다. 맥은 탁 풀리고 앞이 팽 돌다 아찔하는 것이 이러다가 까무러치려나 보다고 극력 단장을 의지하여 버텨 보노라니까 희(噫)라![8] 내 기사회생의 종생도 이번만은 회춘하기 장히 어려울 듯싶다.

이상! 당신은 세상을 경영할 줄 모르는 말하자면 병신이오. 그다지도 '미혹(迷惑)'하단 말씀이오? 건너다보니 절터지요? 그렇다 하더라도 「카라마조프의 형제」나 「사십 년」을 좀 구경삼아 들러 보시지요.

아니지! 정희! 그게 뭐냐 하면 나도 살고 있어야 하겠으니 너도 살자는 사기, 속임수, 일부러 만들어 내어놓은 미신 중에도 가장 우수한 무서운 주문이오.

이상! 그러지 말고 시험삼아 한 발만 한 발자국만 저 개흙밭에다 들여놓아 보시지요.

이 악보같이 스무드한 담소 속에서 비칠비칠하노

---

8) 희라!: 탄식의 어조사.

라면 나는 내게 필적하는 천의무봉(天衣無縫)의 탕아가 이 목첩(目睫)간에 있는 것을 느낀다. 누구나 제 내어놓았던 협수룩한 포즈를 걷어치우느라고 허겁지겁들 할 것이다. 나도 그때 내 슬하에 이렇게 유산되는 자손을 느끼면서 만재에 드리우는 이 극흉극비(極凶極祕) 종가의 부(符)작9)을 앞에 놓고서 적이 불안하게 또 한편으로는 적이 안일하게 운명하는 마지막 낙백(落魄)의 이 내 종생을 애오라지 방불(髣髴)히하는 것이었다.

나는 내 분묘 될 만한 조촐한 터전을 찾는 듯한 그런 서글픈 마음으로 정희를 재촉하여 그 언덕을 내려왔다. 등뒤에 들리는 풍경 소리는 진실로 내 심통(心痛)을 돕는 듯하다고 사자(寫字)하면 정경을 한층더 반듯하게 매만져 놓는 한 도움이 되리라. 그럼 진실로 풍경(風磬) 소리는 내 등뒤에서 내 마지막 심통함을 한층 더 들볶아 놓는 듯하더라.

미문(美文)에 견줄 만큼 위태위태한 것이 절승(絶

---

9) 부작: 부적.

勝)에 혹사(酷似)한 풍경이다. 절승에 혹사한 풍경을 미문으로 번안 모사해 놓았다면 자칫 실족 익사하기 쉬운 웅덩이나 다름없는 것이니 첨위(僉位)는 아예 가까이 다가서서는 안 된다. 도스토예프스키나 고리키는 미문을 쓰는 버릇이 없는 체했고 또 황량 아담한 경치를 '취급'하지 않았으되 이 의뭉스러운 어른들은 오직 미문은 쓸 듯 쓸 듯, 절승경개(絶勝景槪)는 나올 듯 나올 듯해만 보이고 끝끝내 아주 활짝 꼬랑지를 내보이지는 않고 그만둔 구렁이 같은 분들이기 때문에 그 기만술은 한층더 진보된 것이며, 그런 만큼 효과가 또 절대하여 천년을 두고 만년을 두고 내리내리 부질없는 위무(慰撫)를 바라는 중속(衆俗)들을 잘 속일 수 있는 것이다. 그러나 ─왜 나는 미끈하게 솟아 있는 근대 건축의 위용을 보면서 먼저 철근 철골, 시멘트와 세사(細沙), 이것부터 선뜩하니 감응하느냐는 말이다. 씻어 버릴 수 없는 숙명의 호곡(號哭), 몽고리안푸렉게(蒙古痣: 몽고반점) 오뚝이처럼 쓰러져도 일어나고 쓰러져도 일어나고 하니 쓰러지나 섰으나 마찬가지 의지할

얄팍한 벽 한 조각 없는 고독, 고고(枯槁), 독개(獨介), 초초(楚楚).

나는 오늘 대오한 바 있어 미문을 피하고 절승의 풍광을 격하여 소조(蕭條)하게 왕생하는 것이며 숙명의 슬픈 투시벽은 깨끗이 벗어 놓고 온아종용(溫雅慫慂), 외로우나마 따뜻한 그늘 아래서 실명(失命)하는 것이다.

의료(意料)하지 못한 이 훌훌한 '종생.' 나는 요절인가 보다. 아니 중세최절(中世摧折)인가 보다. 이길 수 없는 육박, 눈먼 떼까마귀의 매리(罵詈) 속에서 탕아 중에도 탕아, 술객(術客) 중에도 술객 이 난공불락의 관문의 괴멸, 구세주의 최후연(最後然)히 방방곡곡이 독여는 삼투하는 장식 중에도 허식의 표백이다. 출색(出色)의 표백이다.

내부(乃夫)가 있는 불의(不義). 내부가 없는 불의. 불의는 즐겁다. 불의의 주가낙락(酒價落落)한 풍미를 족하는 아시나이까. 윗니는 좀 잇새가 벌고 아랫니만이 고운 이 한경(漢鏡)같이 결함의 미를 갖춘 깜찍스럽게 시치미를 뗄 줄 아는 얼굴을 보라. 칠

세까지 옥잠화 속에 감춰 두었던 장분만을 바르고 그 후 분을 바른 일도 세수를 한 일도 없는 것이 유일의 자랑거리. 정희는 사팔뜨기다. 이것은 무엇으로도 대항하기 어렵다. 정희는 근시(近視) 육도다. 이것은 무엇으로도 대항할 수 없는 선천적 훈장이다. 좌난시(左亂視) 우색맹(右色盲) 아— 이는 실로 완벽이 아니면 무엇이랴.

속은 후에 또 속았다. 또 속은 후에 또 속았다. 미만 십사 세에 정희를 그 가족이 강행으로 매춘시켰다. 나는 그런 줄만 알았다. 한 방울 눈물—

그러나 가족이 강행하였을 때쯤은 정희는 이미 자진하여 매춘한 후 오래오래 후다. 다홍 댕기가 늘 정희 등에서 나부꼈다. 가족들은 불의에 올 재앙을 막아 줄 단 하나 값나가는 다홍 댕기를 기탄없이 믿었건만—

그러나—

불의는 귀인답고 참 즐겁다. 간음한 처녀—이는 불의 중에도 가장 즐겁지 않을 수 없는 영원의 밀림이다.

그럼 정희는 게서 멈추나?

나는 자기 소개를 한다. 나는 정희에게 분모(分毛)를 지기 싫기 때문에 잔인한 자기 소개를 하는 것이다.

나는 벼[稻]를 본 일이 없다. 자전거를 탈 줄 모른다. 생년월일을 가끔 잊어버린다. 구십 노조모가 이팔소부(二八少婦)로 어느 하늘에서 시집온 십대조의 고성(古城)을 내 손으로 헐었고 녹엽(綠葉) 천년의 호두나무 아름드리 근간을 내 손으로 베었다. 은행나무는 원통한 가문을 골수에 지니고 찍혀 넘어간 뒤 장장 사 년 해마다 봄만 되면 독시(毒矢) 같은 싹이 엄돋는 것이었다.

나는 그러나 이 모든 것에 견뎠다. 한번 석류나무를 휘어잡고 나는 폐허를 나섰다.

조숙 난숙(爛熟) 감[枾]썩는 골머리 때리는 내. 생사의 기로에서 완이이소(莞爾而笑), 표한무쌍(剽悍無雙)의 척구(瘠軀) 음지에 창백한 꽃이 피었다.

나는 미만 십사 세 적에 수채화를 그렸다. 수채화의 파과(破瓜).10) 보아라 목저(木箸)같이 야윈 팔목에서는 삼동에도 김이 무럭무럭 난다. 김 나는 팔목과 잔털 나 스르르한 매춘하면서 자라나는 회충같이 매혹적인 살결. 사팔뜨기와 내 흰자위 없는 짝짝이 눈. 옥잠화 속에서 나오는 기술(奇術) 같은 석일(昔日)의 화장과 화장 전폐, 이에 대항하는 내 자전거 탈 줄 모르는 아슬아슬한 천품. 다홍 댕기에 불의와 불의를 방임하는 속수무책의 내 나태.

심판이여! 정희에 비교하여 내게 부족함이 너무나 많지 않소이까?

비등(比等) 비등? 나는 최후까지 싸워 보리라.

홍천사 으슥한 구석방 한 간 방석 두 개 화로 한 개. 밥상 술상—

접전 수십 합. 좌충우돌. 정희의 허전한 관문을 나는 노사(老死)의 힘으로 들이친다. 그러나 돌아오는 반발의 흉기는 갈 때보다도 몇 배나 더 큰 힘으로 나 자신의 손을 시켜 나 자신을 살상한다.

지느냐. 나는 그럼 지고 그만두느냐.

나는 내 마지막 무장을 이 전장에 내어세우기로

---

10) 파과: 여자 나이의 16세. 과(瓜)자를 종횡으로 해자(解字) 하면 2개의 8이니까 2×8=16이 됨. 여자가 월경을 시작하는 나이를 일컬음.

하였다. 그것은 즉 주란(酒亂)이다.

한몸을 건사하기조차 어려웠다. 나는 게울 것만 같았다. 나는 게웠다. 정희 스커트에다. 정희 스타킹에다.

그리고도 오히려 나는 부족했다. 나는 일어나 춤추었다. 그리고 그 방 뒤 쌍창 미닫이를 열어 젖히고 나는 예서 떨어져 죽는다고 마지막 한 벌 힘만을 아껴 남기고는 나머지 있는 힘을 다하여 난간을 잡아 흔들었다. 정희는 나를 붙들고 말린다. 말리는데 안 말리는 것도 같았다. 나는 정희 스커트를 잡아 젖혔다. 무엇인가 철썩 떨어졌다. 편지다. 내가 집었다. 정희는 모른 체한다.

속달(S와도 절연한 지 벌써 다섯 달이나 된다는 것은 선생님께서도 믿어 주시는 바지요? 하던 S에게서다).

정희! 노하였소. 어젯밤 태서관(泰西舘) 별장의 일! 그것은 결코 내 본의는 아니었소. 나는 그 요구를 하러 정희를 그곳까지 데리고 갔던 것은 아니오. 내 불민을 용서하여 주기 바라오. 그러나 정희가 뜻밖에도 그렇게 까지 다소곳한 태도를 보여 주었다는 것으로 적이 자위를 삼겠소.

정희를 하루라도 바삐 나 혼자만의 것을 만들어 달라는 정희의 열렬한 말을 물론 나는 잊어버리지는 않겠소. 그러나 지금 형편으로는 '아내'라는 저 추물을 처치하기가 정희가 생각하는 바와 같이 그렇게 쉬운 일은 아니오.

오늘(삼월 삼일) 오후 여덟시 정각에 금화장(金華莊) 주택지 그때 그 자리에서 기다리고 있겠소. 어제 일을 사과도 하고 싶고 달이 밝을 듯하니 송림(松林)을 거닙시다. 거닐면서 우리 두 사람만의 생활에 대한 설계도 의논하여 봅시다.

삼월 삼일 아침 S.

내게 속달을 띄우고 나서 곧 뒤이어 받은 속달이다. 모든 것은 끝났다. 어젯밤의 정희는—

그 낮으로 오늘 정희는 내게 이상 선생님께 드리는 속달을 띄우고 그 낮으로 또 나를 만났다. 공포에 가까운 번신술이다. 이 황홀한 전율을 즐기기 위하여 정희는 무고의 이상을 징발했다. 나는 속고 또 속고 또 또 속고 또 또 또 속았다.

나는 물론 그 자리에 혼도(昏倒)하여 버렸다. 나는 죽었다. 나는 황천을 헤매었다. 명부에는 달이 밝다. 나는 또다시 눈을 감았다. 태허(太虛)에 소리 있어 가로되 너는 몇 살이뇨? 만 이십오 세와 십일 개월이올시다. 요사(夭死)로구나. 아니올시다. 노사(老死)올시다.

눈을 다시 떴을 때에 거기 정희는 없다. 물론 여덟 시가 지난 뒤였다. 정희는 그리 갔다. 이리하여 나의 종생은 끝났으되 나의 종생기는 끝나지 않는다. 왜?

정희는 지금도 어느 빌딩 걸상 위에서 드로즈의 끈을 푸는 중이요, 지금도 어느 태서관 별장 방석을 베고 드로즈의 끈을 푸는 중이요, 지금도 어느 송림 속 잔디 벗어 놓은 외투 위에서 드로즈의 끈을 성(盛)히 푸는 중이니까 다.

이것은 물론 내가 가만히 있을 수 없는 재앙이다. 나는 이를 간다.

나는 걸핏하면 까무러친다.

나는 부글부글 끓는다.

그러나 지금 나는 이 철천의 원한에서 슬그머니 좀 비켜 서고 싶다. 내 마음의 따뜻한 평화 따위가 다 그리워졌다.

즉 나는 시체다. 시체는 생존하여 계신 만물의 영장을 향하여 질투할 자격도 능력도 없는 것이리라는 것을 나는 깨닫는다.

정희, 간혹 정희의 후틋한 호흡이 내 묘비에 와 슬쩍 부딪는 수가 있다. 그런 때 내 시체는 홍당무처럼 화끈 달으면서 구천을 꿰뚫어 슬피 호곡한다.

그 동안에 정희는 여러 번 제(내 때꼽재기도 묻은) 이부자리를 찬란한 일광 아래 널어 말렸을 것이다. 누루한 이 내 혼수(昏睡) 덕으로 부디 이 내 시체에서도 생전의 슬픈 기억이 창궁(蒼穹) 높이 훨훨 날아가나 버렸으면—

나는 지금 이런 불쌍한 생각도 한다. 그럼—

—만 이십육 세와 삼 개월을 맞이하는 이상 선생님이여! 허수아비여!

자네는 노옹(老翁)일세. 무릎이 귀를 넘는 해골일세. 아니, 아니.

자네는 자네의 먼 조상일세. 이상(以上).

지도(地圖)의 암실(暗室)

기인동안잠자고 짧은동안누웠던것이 짧은동안 잠자고 기인동안누웠었던그이다 네시에누우면 다섯 여섯 일곱 여덟 아홉 그리고아홉시에서 열시까지리상―나는리상한우스운사람을아안다 물론나는그에대하여 한쪽보려하는것이거니와―은그에서 그의하는일을떼어던지던것이다. 태양이양지쪽처럼 내려쪼이는밤에비를퍼붓게하여 그는레인코트가없으면 그것은어쩌나하여방을나선다.

離三茅閣路到北停車場 坐黃布車去[1]

어떤방에서그는손가락끝을걸린다 손가락끝은질

---

1) 이삼모각로 도북정거장 좌황포차거(離三茅閣路 到北停車場 坐黃布車去): 삼모각로를 떠나서 북정거장에 도착하여 황포차에 올라앉아 간다는 뜻.

풍과같이지도위를그었는데 그는마않은은광을보았
건만의지는걷는것을엄격게한다 왜그는평화를발견
하였는지 그에게묻지않고으레K의바이블얼굴에그
의눈에서나온한조각만의보자기를한조각만덮고가버
렸다.

옷도그는아니고 그의하는일이라고그는옷에대한
귀찮은감정의버릇을늘하루에한번씩벗는것으로이렇
지아니하냐 누구에게도없이반문도하며 위로도하
여가는것으로도보아안버린다.

친구를편애하는야속한고집이 그의발간몸뚱이를
친구에게그는그렇게도쉽사리내어맡기면서 어디친
구가무슨짓을하기도하나 보자 는생각도않는못난
이 라고도하기는하지만사실에그에게는 그가그의
발간몸뚱이를가지고다니는무거운노역에서벗어나고
싶어하는갈망이다 시계도치려거든칠것이다 하는
마음보로는한시간만에세번을치고삼분이남은후에육
십삼분만에쳐도너할대로내버려두어버리는마음을먹
어버리는관대한세월은 그에게이때에시작된다.

암뿌으르2)에봉투를 씌워서그감소된빛은 어디로

갔는가에대하여도 그는한번도생각하여본일은없이 그는이러한준비와장소에대하여 관대하니라 생각하여본일도없다면 그는속히잠들지아니할까 누구라도생각지는아마않는다 인류가아직만들지아니한 글자가 그 자리에서이랬다저랬다하니무슨암시이냐가무슨까닭에 한번읽어지나가면 그도무소용인글자의고정된기술방법을채용하는 흡족지않은버릇을 쓰기를버리지않을까를그는생각한다 글자를제것처럼가지고그하나만이 이랬다저랬다하면 또생각하는것은 사람하나 생각둘만 글자 셋 넷 다섯 또다섯 또또다섯 또또또다섯그는결국에시간이라는것의무서운힘을 믿지아니할수는없다 한번지나간것이 하나도쓸데없는것을알면서도하나를버리는묵은짓을그도역시거절치않는지그는그에게물어보고싶지않다 지금생각나는것이나 지금가지는글자가이때가가가질것하나 하나 하나 하나에서모두씩못쓸것인줄알았는데왜지금가지느냐안가지면 그만이지하여

---

2) 암뿌으르: 암페어(ampere)를 달리 표기한 것으로 여기서는 '전구'의 의미.

도벌써가져버렸구나 벌써가져버렸구나 벌써가졌
구나 버렸구나 또가졌구나.

그는아파오는시간을입은 사람이든지길이든지 걸
어버리고걷어차고싸워대이고싶었다 벗겨도옷 벗
겨도옷 벗겨도옷 인다음에야 걸어도길 걸어도길
인다음에야 한군데버티고서서 물러나지만않고 싸
워대이기만이라도하고싶었다.

암뿌으르에불이확켜지는것은 그가깨이는것과같
다하면이렇다 즉밝은동안에불3)인지마안지4)하는얼
마쯤이 그의다섯시간뒤에흐리멍텅히달라붙은한시
간과같다하면이렇다 즉그는봉투에싸여없어진지도
모르는 암뿌으르를보고 침구속에반쯤강삶아진그의
몸뚱이를보고봉투는 침구다생각한다 봉투는옷이다
침구와봉투와 그는무엇을배웠느냐 몸을내어다버리
는법과몸을주워들이는법과 미닫이에광선잉크가 암
시적으로쓰는의미가 그는그의 몸뚱이에불이확켜
진것을알라는것이니까 그는봉투를입는다 침구를입

---

3) 불(佛): 부처.
4) 마안지: 마(魔)-. '악마인지'의 뜻.

는것과 침구를벗는것이다 봉투는옷이고 침구다음
에 그의몸뚱이가 뒤집어쓰는것으로닳는다 발갛게
암뿌으르에습기제하고젖는다 받아서는내어던지고
집어서는내어버리는 하루가불이들어왔다 불이꺼
지자시작된다 역시그렇구나 오늘은캘린더5)의붉은
빛이 내어배였다고 그렇게캘린더를만든사람이나
떼이고간사람이나가마련하여놓은것을 그는 위반
할수가없다 K는그의방의캘린더의빛이 K의방의캘
린더의빛과일치하는것을 좋아하는선량한사람이니
까 붉은빛에대하여겸하여 그에게경고하였느냐그
는몹시생각한다 일요일의붉은빛은월요일의흰빛이
있을때에못쓰게된것이지만 지금은가장쓰이는것이
로구나 확실치아니한두자리의숫자가 서로맞붙들
고그가웃는것을보고 웃는것을흉내내어 웃는다 그
는캘린더에게 지지않는다 그는대단히넓은웃음과
대단히좁은웃음을 운반에요하는시간을 초인적으
로가장짧게하여 웃어버려보여줄수있었다.

---

5) 캘린더(Calender): 종이나 천 따위의 윤을 내거나 매끄럽게 할 때 쓰는 롤러
   기계.

인사는유쾌한것이라고하여 그는게으르지않다
늘. 투스브러시는그의이사이로와보고 물이얼굴그
중에도뺨을건드려본다 그는변소에서가장먼나라의
호외를 가장가깝게보며 그는그동안에편안히서술
한다 지난것은버려야한다고 거울에열린들창에서
그는리상─이상히이이름은 그의그것과똑같거니와
─을만났다 리상은그와똑같이 운동복의준비를차
렸는데 다만리상은그와달라서 아무것도하지않는
다하면 리상은어디가서하루종일있단말이오 하고
싶어한다.

그는그책임의무체육선생리상을만나면 곧경의를
표하여그의얼굴을리상의 얼굴에다문질러주느라고
그는수건을쓴다 그는리상의가는곳에서 하는일까
지를묻지는않았다 섭섭한글자가 하나씩 하나씩
섰다가쓰러지기위하여 나암는다.

你上那兒去 而且 做甚麼[6]

슬픈먼지가옷에 옷을입혀가는것을 못하여나가게

---

6) 你上那兒去 而且 做甚麼(니상나아거 이차 고심마): '니상 너는 어디로 가고
   또 무엇을 하느냐.'

그는얼른얼른쫓아버려서퍽다행하였다.

그는에로센코[7]를읽어도좋다 그러나그는본다 왜 나를못보는눈을가졌느냐 차라리본다. 먹은조반은 그의식도를거쳐서바로에로센코의뇌수로들어서서 소화가되든지안되든지 밀려나가던버릇으로 가만 가만히시간관념을 그래도아니어기면서앞선다 그 는그의조반을 남의뇌에떠맡기는것은견딜수없다 고 견디지않아버리기로한다음곧견디지않는다 그는찾 을것을곧찾고도 무엇을찾았는지알지않는다.

태양은제온도에조을릴것이다 쏟아뜨릴것이다 사 람은딱정버러지처럼뛸것이다 따뜻할것이다 넘어질 것이다 새까만핏조각이뗑그렁소리를내이며 떨어져 깨어질것이다 땅위에늘어붙을것이다 내음새가날것 이다 굳을것이다 사람은피부에검은빛으로도금을올 릴것이다 사람은부딪칠것이다 소리가날것이다.

사원에서종소리가걸어올것이다 오다가여기서놀

---

7) 에로센코(Bakunin R. Erosenko, 1889~1952): 러시아의 시인·아동학자. 맹인으로서 1915년 일본 에스페란토협회 초청으로 도일. 이후 아동문학 등에 힘쓰면서 제2차 ≪씨뿌리는 사람≫ 동인으로 가담한 바 있다.

고갈것이다 놀다가가지아니할것이다.

그는여러가지줄을잡아다니라고 그래서성났을때 내어거는표정을장만하라고 그래서그는그렇게해받았다 몸뚱이는성나지아니하고 얼굴만성나자 그는 얼굴속도성나지아니하고살껍데기만성나자 그는남의모가지를얻어다붙인것같아꽤제멋쩍었으나 그는 그래도그것을 앞세워내세우기로하였다 그렇게하지 아니하면아니되게다른것들 즉나무사람옷심지어 K 까지도그를놀리려드는것이니까 그는그와관계없는 나무사람옷심지어 K를찾으러나가는것이다 사실바 나나의나무와 스케이팅여자와스커트와교회에가고 마안 K는그에게관계없었기때문에그렇게되는자리 로 그는그를옮겨놓아보고싶은마음이다 그는K에게 외투를얻어그대로돌아서서입었다 뿌듯이쾌감이어 깨에서잔등으로 걸쳐있어서비키지않는다 이상하 구나한다.

그의뒤는그의천문학이다 이렇게작정되어버린채 그는볕에가까운산위에서 태양이보내는몇줄의볕을 압정으로 꼭 꽂아놓고그앞에앉아그는놀고있었다

모래가많다 그것은모두풀이었다 그의산은평지보
다낮은곳에처어져서 그뿐만아니라 움푹오므라들
어있었다 그가요술가라고하자 별들이구경을온다
고하자 오리온의좌석은조기라고하자 두고보자 사
실그의생활이그로하여금움직이게하는짓들의여러가
지라도는무슨몹쓸흉내이거나 별들에게나구경시킬
요술이거나이지이쪽으로오지않는다.

　　너무나의미를잃어버린그와 그의하는일들을 사람
들사는사람들틈에서 공개하기는끔찍끔찍한일이니
까 그는피난왔다 이곳에있다 그는고독하였다 세
상어느틈바구니에서라도 그와관계없이나마 세상
에관계없는짓을하는이가있어서 자꾸만자꾸만의미
없는 일을하고있어주었으면 그는생각아니할수는
없었다.

JARDIN ZOOLOGIQUE[8]

CETTE DAME EST-ELLE LA FEMME DE
MONSIEUR LICHAN?1[9]

---

8) JARDIN ZOOLOGIQUE(불): 동물원.
9) CETTE DAME EST-ELLE LA FEMME DE MONSIEUR LICHAN?(불):

앵무새당신은 이렇게지껄이면 좋을것을그때에 나는 OUI![10]

라고그러면 좋지않겠습니까 그렇게그는생각한다.

원숭이와절교한다 원숭이는그를흉내내이고 그는 원숭이를흉내내이고 흉내가흉내를 흉내내이는것을 흉내내이는것을 흉내내이는것을 흉내내이는것을흉내내인다 견디지못한바쁨이있어서그는원숭이를보지않았으나 이리로와버렸으나 원숭이도그를 아니보며 저기있어버렸을것을생각하면 가슴이 터지는것과같았다 원숭이자네는사람을흉내내이는버릇을타고난것을자꾸사람에게도 그모양대로되라고 하는가 참지못하여그렇게하면 자네는또하라고참지못해서그대로하면 자네는또하라고 그대로하면 또하라고 그대로하면또하라고 그대로하여도 그대로하여도 하여도또하라고하라고 그는원숭이가나에게 무엇이고시키고 흉내내이고간에 이것이고만이다 딱마음을굳게먹었다 그는원숭이가진화하여

'그녀가 이상 씨의 부인입니까?'
10) OUI(불): '네'라는 뜻.

사람이되었다는데대하여 결코믿고싶지않았을뿐만
아니라 같은에호바[11]의손에된것이라고도 믿고싶
지않았으나그의?

　그의의미는 대체어디서나오는가 머언것같아서불
러오기어려울것같다 혼자사아는것이가장혼자사아
는것이 되리라하는마음은 낙타를타고싶어하게하
면 사막너머를생각하면 그곳에좋은곳이 친구처럼
있으리라 하게한다 낙타를타면그는간다 그는낙타
를죽이리라 시간은그곳에아니오리라왔다가도도로
가리라 그는생각한다 그는트렁크와같은낙타를좋
아하였다 백지를먹는다 지폐를먹는다 무엇이라고
적어서무엇을 주문하는지 어떤여자에게의답장이
여자의손이포스트앞에서하듯이 봉투째먹힌다 낙
타는그런음란한편지를먹지말았으면먹으면괴로움이
몸의살을마르게하리라는것을 낙타는모르니하는수
없다는것을 생각한그는연필로백지에 그것을얼른
배앝아놓으라는 편지를써서먹이고싶었으나낙타는

---

11) 에호바(Jehovah): 여호와, 곧 하느님.

괴로움을모른다.

　정오의사이렌이호스와같이뻗쳐뻗으면 그런고집을 사원의종이땅땅때린다 그는튀어오르는고무볼과같은 종소리가아무데나 함부로헤어져떨어지는것을보아갔다 마지막에는어떤언덕에서 종소리와사이렌이한데젖어서 미끄러져내려떨어져한데 쏟아져쌓였다가 확헤어졌다 그는시골사람처럼서서끝난뒤를까지 구경하고있다. 그때그는.

　풀잎위에누워서 봄내음새나는 졸음을주판에다놓고앉아있었다 하나 둘 셋 넷 다섯 여섯 일곱 여덟 일곱 여섯 일곱 여섯 다섯 넷 다섯 여섯 일곱 여덟 아홉 여덟 아홉 여덟 아홉 잠은턱밑에서 눈으로들어가지않는것을 그는그의눈으로물끄러미바라다보면 졸음은벌써그의눈알맹이에회색 그림자를던지고있으나등에서비치는햇볕이너무따뜻하여그런지잠은번쩍번쩍한다 왜잠이아니오느냐 자나안자나마찬가지 인바에야안자도좋지만안자도좋지만 그래도자는것이 나았다고하여도생각하는것이있으니있다면 그는왜이런앵무새의 외국어를듣느냐

원숭이를가게하느냐 낙타를오라고하느냐 받으면내
어버려야할것들을받아가지느라고 머리를괴롭혀서
는안되겠다 마음을몹시상케하느냐 이런것인데이것
이나마 생각아니하였으면그나마나을것을구태여생
각하여 본댔자이따가는소용없을것을왜씨근씨근몸
을달리느라고 얼굴과수족을달려가면서생각하느니
잠을자지잔댔자아니다 잠을자야하느니라생각까지
하여놓았는데도 잠은죽어라고이쪽으로 자그만큼
만더왔으면 되겠다는데도더아니와서 아니자기만하
려들어아니잔다 아니잔다면.

차라리길을걸어서 살내어보이는스커트를 보아서
의미를찾지못하여놓고아무것도아니느끼는것을하는
것이차라리나으니라 그렇지만어디그렇게 번번이있
나 그는생각한다 버스는여섯자에서 조금우우를떠
서다니면좋다 많은사람이탄버스가많은걸어가는이
많은사람의머리위를지나가면 퍽관계가없어서편하
리라생각하여도편하다 잔등이무거워들어온다 죽음
이그에게왔다고 그는놀라지않아본다 죽음이묵직한
것이라면 나머지얼마안되는시간은 죽음이하자는대

로하게내버려두어 일생에없던 가장위생적인시간을
향락하여보는편이 그를위생적이게하여주겠다고 그
는생각하다가 그러면 그는죽음에 견디는세음이냐
못그러는세음인것을자세히알아내이기어려워괴로워
한다 죽음은평행사변형의법칙으로 보일샤를의법칙
으로 그는앞으로 앞으로걸어나가는데도왔다 떠밀
어준다.

　　活胡同是死胡同 死胡同是活胡同[12]

그때에그의잔등외투속에서.

양복저고리가 하나떨어졌다 동시에그의눈도 그의
입도 그의염통도 그의뇌수도 그의손가락도 외투도
잠방이도모두어얼려떨어졌다 남은것이라고는 단추
넥타이 한리틀의탄산와사[13]부스러기였다 그러면그
곳에서있는것은무엇이었더냐하여도 위치뿐인폐허
에지나지않는다 그는그런다 이곳에서흩어진채 모
든것을다끝을내어 버려버릴까이런충동이땅위에떨

---

12) 活胡同是死胡同 死胡同是活胡同(활호동시사호동 사호동시활호동): ‘사는
　　것이 어찌하여 이와 같으며, 죽음이 어째서 같은가. 죽음이 어째서 이와 같
　　으며, 사는 것이 같은가’의 뜻.

13) 탄산와사: 탄산 가스.

어진팔에 어떤경향과방향을 지시하고그러기시작하여버리는것이다 그는무서움이 일시에치밀어서성내인얼굴의성내인 성내인것들을헤치고 홱앞으로나선다 무서운간판저어뒤에서 기우웃이이쪽을내어다보는 틈틈이들여다보이는 성내었던것들의 싹둑싹둑된모양이그에게는한없이 가엾어보여서 이번에는그러면가엾다는데대하여가장적당하다고 생각하는것은무엇이니 무엇을내어걸까 그는생각하여보고 그렇게한참보다가 웃음으로하기로작정한그는그도모르게얼른그만웃어버려서 그는다시거둬들이기어려웠다 앞으로나선웃음은화석과같이 화려하였다.

笑 怕 怒[14]

시가지한복판에 이번에새로생긴무덤위로 딱정버러지에묻은각국웃음이 헤뜨려떨어뜨려져모여들었다 그는무덤속에서다시한번죽어버리려고 죽으면그래도 또한번은더죽어야하게되고하여서 또죽으면또죽어야되고 또죽어도또죽어야되고하여서 그는힘들

---

14) 笑怕怒(소파노): 웃음과 두려움과 분노.

여한번몹시 죽어보아도 마찬가지지만그래도 그는
여러번여러번죽어보았으나 결국마찬가지에서 끝나
는끝나지않는것이었다 하느님은그를내어버려두십
니까 그래하느님은죽고나서또죽게내어버려두십니
까 그래그는그의무덤을어떻게 치울까생각하던끄트
머리에 그는그의잔등속에서 떨어져나온근거없는
저고리에그의무덤파편을 주섬주섬싸끌어모아가지
고 터벅터벅걸어가보기로 작정하여놓고 그렇게하
여도 하느님은가만히있나를 또그다음에는 가만히
있다면어떻게되고 가만히있지않다면어떻게할작정
인가 그것을차례차례보아내려가기로하였다.

　K는그에게빌려주었던저고리를입은다음서양시가
레트처럼극장으로몰려갔다고그는본다 K의저고리
는풍기취체탐정처럼.

　그에게무덤을경험케하였을뿐인가장간단한불변색
이다 그것은어디를가더라도 까마귀처럼트리크를
웃을것을생각하는그는그의모자를 벗어땅위에놓고
그가만히있는 모자가가만히있는틈을타서 그의구둣
바닥으로힘껏 내려밟아보아버리고싶은마음이 종아

리살구뼈까지내려갔건만그곳에서장엄히도승천하여
버렸다.

남아있는박명의영혼 고독한저고리의 폐허를위한
완전한보상그의영적산술 그는저고리를입고 길을길
로나섰다 그것은마치저고리를 안입은것과같은 조
건의특별한사건이다 그는비장한마음을 가지기로하
고길을 그길대로생각끝에생각을겨우겨우이어가면
서걸었다 밤이그에게그가갈만한길을잘내어주지아
니하는 협착한속을—그는밤은낮보다 빽빽하거나
밤은낮보다되애다랗거나 밤은낮보다좁거나하다고
늘생각하여왔지만 그래도그에게는 별일별로없어
좋았거니와—그는엄격히걸으며도 유기된그의기억
을안고 초조히그의뒤를따르는저고리의영혼의 소박
한자태에 그는그의옷깃을여기저기적시어 건설되지
도항해되지도않는한성질없는지도를 그려서가지고
다니는줄 그도모르는채 밤은밤을밀고 밤은밤에게
밀리우고하여 그는밤의밀짚부대의 속으로속으로점
점깊이들어가는 모험을모험인줄도 모르고모험하고
있는것같은것은 그에게있어아무것도아닌그의방정

식행동은 그로말미암아집행되어나가고있었다 그렇지만.

그는왜버려야할것을 버리는것을 버리지않고서버리지못하느냐 어디까지라도괴로움이었음에변동은없었구나 그는그의행렬의마지막의 한사람의위치가끝난다음에 지긋지긋이생각하여보는것을 할줄모르는 그는그가아닌 그이지 그는생각한다 그는피곤한다리를이끌어붙이던지는불을밟아가며불로가까이가보려고불을자꾸만밟았다.

我是二雖說沒給得三也我是三

그런바에야 그는가자고그래서스커트밑에번쩍이는 조그만메달에의미없는 베제[15]를붙인다음 그자리에서있음직이있으려하던 의미까지도 잊어버려보자는것이 그가그의의미를잊어버리는 경과까지도잘잊어버리는것이되고마는것이라고 생각하게되는 그는그렇게생각하게되자 그렇게하여지게그를 그런대로내어던져버렸다 심상치아니한음향이우뚝섰던 공

---

15) 베제(baiser)(불): 입맞춤. 키스.

기를몇개넘어뜨렸는데도 불구하고심상치는않은길
이어야만할것이급기해하여는심상하고 말은것은심
상치않은일이지만그일에 이르러서는심상해도좋다
고 그래도좋으니까아무래도 좋게되니까아무렇다하
여도 좋다고그는생각하여버리고말았다.

LOVE PARRADE

그는답보를계속하였는데 페이브먼트는후울훌날
으는 초콜릿처럼훌훌날아서 그의구둣바닥밑을미끄
러이쏙쏙빠져나가고있는것이 그로하여금더욱더욱
답보를시키게한원인이라면 그것도원인의하나가 될
수도있겠지만 그원인의대부분은 음악적효과에있다
고아니볼수없다고 단정하여버릴만치 이날밤의그는
음악에 적지아니한편애를 가지고있지않을수없을만
치안개속에서라이트는스포츠를하고 스포츠는그에
게있어서는 마술에가까운기술로밖에는아니보이는
것이었다.

도어가그를무서워하며 뒤로물러서는거의 동시에
무거운저기압으로흐르는고기압의기류을이용하여
그는그레스토랑으로넘어졌다하여도좋고 그의몸을

게다가 내어버렸다틀어박았다하여도좋을만치그는
그의몸뚱이의향방에대하여아무러한설계도하여놓지
는아니한행동을 직접행동과행동이가지는 결정되어
있는운명에 내어맡겨버리고말았다 그는너무나 돌
연적인탓에그에게서 빠아져벗어져서엎질러졌다 그
는이것은이결과는 그가받아서는내어던지는그의하
는일의무의미에서도 제외되는것으로사사오입이하
에쓸어내었다.

그의사고력을 그는도막도막내어놓고난 다음에는
그사고력은 그가도막도막내인것은 아니게되어버린
다음에 그는슬그머니없어지고 단편들이춤을한개씩
만추고 그가물러가있음직이생각히는데로 차례로차
례아니로물러가버리니까그의지껄이는것은 점점깊
이를잃어버려지게되니 무미건조한그의한가지씩의
곡예에경청하는하나도 물론없을것이었지만있었으
나 얼굴을보고곧나가버렸으니까 다른사람하나가있
다 그가늘산보를가면그곳에는커다란바윗돌이 돌연
히있으면 그는늘그곳에기대이는 버릇인것처럼 그
는한여자를늘찾는데 그여자는참으로위치를변하지

아니하고있으니까 그는곧기대인다 오늘은나도화나는일이썩많은데그도 화가났습니까하고물으면 그는 그렇다고 대답하기전에 그러냐고한번물어보는듯이 눈을여자에게로 흘깃떠보았다가고개를 끄떡끄떡하면여자도 곧또고개를끄떡끄떡하지만 그의미는퍽다른줄을알아도좋고몰라도좋지만 그는아알지않는다 오늘모두놀러갔다가오는사람들뿐이 퍽많던데 그도 놀러갔었더랍니까하고 여자는그의쏙들어간뺨을쓱 씻겨쓰다듬어주면서 물어보면그래도 그는그렇다고 그래버린다 술을먹는것은 그의눈에는수은을먹는것과같이 밖에는아니보이게 아파보이기시작한지는 퍽오래되었는데물론그러니까 그렇지만그는술을먹지아니하며 커피를마신다 여자는싫다는소리를한번도하지아니하고 술을마시면얼굴에있는 눈가앗이대단히벌개지면 여자의눈은대단히 성질이달라지면 마음은사자와같이 사나워져가는것을 그가가만히지키고 앉아있노라면 여자는그에게 별짓을다하여도 그는변하려는얼굴의표정의면살을 꽉붙들고다시는 놓지않으니까여자는성이나서이빨로 입술을꽉깨물어서 피를내이고 축음기와같은국어로그에게향하여 가느다랗고길게막퍼부어도 그에게는아무렇지도않 다 여자는우운다 누가그여자에게그렇게하는버릇이 여자에게붙어있는줄 여자는모르는지 그가여자의겸 은꽃 꽂힌머리를가만히쓰다듬어주면 너는고생이자 심하냐는말을 으레하는것이라 그렇게그도한줄알고 여자는그렇다고고개를테이블위에 엎드려올려놓은 채 좌우로조금흔드는것은 그렇지않다는말은아니고 상하로흔들수는없는까닭인 증거는여자는곧눈물이 글썽글썽한얼굴을들어그에게로주면서 팔뚝을훌훌 걷으면서 자아보십시오 이렇게마르지않았습니까하 고 암만내어밀어도 그에게는얼마큼에서얼마큼이나 말랐는지도무지 알수가없어서 그렇겠다고그저간단 히 건드려만두면 분한듯이여자는막운다.

아까까지도그는저고리를 이상히입었었지만 지금 은벌써그는저고리를입은 평상시를걷는그이고말아 버리게되어서길을걷는다 무시무시한하루의하루가 차츰차츰끝나들어가는구나하는 어둡고도가벼운생 각이 그의머리에씌운모자를쓰면벗기고 쓰면벗기고

하는것과같이간질간질상쾌한것이었다 조금가만히
있으라고 암뿌으르의씌워진채로있는봉투를 벗겨놓
은다음책상위에있는 여러가지책을 하나 둘씩 셋씩
넷씩 트럼프를섞을때와같이 섞기시작하는것은무엇
을 찾기위하여섞은것을차곡차곡추리는것이 그렇게
보이는것이지만 얼른나오지않는다 시계는여덟시불
빛이방안에화안하여도시계는친다든가 간다든가하
는버릇을 조금도변하지는아니하니까 이때부터쯤그
의하는일을 시작하면저녁밥의소화에는 그다지큰지
장이없으리라 생각하는까닭은 그는결코음식물의
완전한소화를바라는것은 아니고대개웬만하면 그저
그대로잊어버리고 내어버려두리라하는 그의음식물
에대한관념이다.

   백지와색연필을들고 덧문을열고문하나를 연다음
또문하나를연다음 또열고또열고또열고또열고 인제
는어지간히들어왔구나 생각히는때쯤하여서 그는백
지위에다색연필을 세워놓고무인지경에서 그만이하
다가그만두는 아름다운복잡한기술을시작하니 그에
게는가장넓은이벌판이밝은밤이어서 가장좁고갑갑

한것인것같은것은 완전히잊어버릴수있는것이다 나
날이이렇게들어갈수있는데까지 들어갈수있는한도
는점점늘어가니 그가들어갔다가는 언제든지처음있
던자리로도로 나올수는염려없이있다고 믿고있지만
차츰차츰그렇지도않은것은 그가알면서도그는그러
지는않을것이니까 그는확실히모르는것이다.

　이런때에여자가와도 좋은때는그의손에서 피곤한
연기가무럭무럭기어오르는때이다 그여자는그고생
이 자심하여서말랐다는넓적한손바닥으로 그를뚜덕
뚜덕두드려 주어서잠자라고하지만그는 여자는가도
좋다오지않아도 좋다고생각하는것이지만이렇게 가
끔정말좀와주었으면생각도한다 그가만일여자의뒤
로가서바지를걷고서면 그는있는지없는지모르게되
어버릴만큼화가나서 말랐다는여자는 넓적한체격을
그는여자뿐아니라 아무에게서도싫어하는것이다 넷
—하나둘셋넷이렇게 그거추장스러이 굴지말고산뜻
이넷만쳤으면 여북좋을까생각하여도시계는 그러지
않으니 아무리하여도 하나둘셋은내어버릴것이니까
인생도이럭저럭하다가 그만일것인데낯모를여인에

게 웃음까지산저고리의지저분한경력도 흐지부지다
스러질것을 이렇게마음조일것이아니라 암뿌으르에
봉투씌우고 옷벗고몸뚱이는 침구에떼내어맡기면
얼마나모든것을 다잊을수있어 편할까하고그는잔다.

지주회시(䵷䵷會豕)[1]

1

　　그날밤에그의아내가층계에서굴러떨어지고— 공
연히내일일을글탄말라고 어느눈치빠른어른이 타일
러놓셨다. 옳고말고다. 그는하루치씩만잔뜩산[生]
다. 이런복음에곱신히그는 벙어리(속지말라)처럼말
[言]이없다. 잔뜩산다. 아내에게무엇을물어보리요?
그러니까아내는대답할일이생기지않고 따라서부부
는식물처럼조용하다. 그러나식물은아니다. 아닐뿐
아니라여간동물이아니다. 그래서그런지그는이굴궤

---

1) 시(豕)는 '발 얽은 돼지걸음(豕絆足行)'이란 훈을 가진 축(豖)자의 파자(破字).

짝만한방안에무슨연줄로언제부터이렇게있게되었는지도무지기억에없다. 오늘다음에오늘이있는것. 내일조금전에오늘이있는것. 이런것은영따지지않기로하고 그저 얼마든지 오늘 오늘 오늘 오늘 하릴없이 눈가린마차말의동강난視야다. 눈을뜬다. 이번에는 생시가보인다. 꿈에는생시를꿈꾸고생시에는꿈을꿈꾸고 어느것이나재미있다. 오후네시. 옮겨앉은아침—여기가아침이냐. 날마다. 그러나물론그는한번씩한번씩이다. (어떤巨大한母체가나를여기다갖다버렸나)— 그저한없이게으른것—사람노릇을하는체대체어디얼마나기껏게으를수있나좀해보자—게으르자—그저한없이게으르자—시끄러워도그저모른체하고게으르기만하면다된다. 살고게으르고죽고—가로대사는것이라면떡먹기다. 오후네시. 다른시간은다어디갔나. 대수냐. 하루가한시간도없는것이라기로서니무슨성화가생기나.

또 거미. 아내는꼭거미. 라고그는믿는다. 저것이어서도로환투2)를하여서거미형상을나타내었으면—그러나거미를총으로쏘아죽였다는이야기는들은일이

없다. 보통 발로밟아죽이는데 신발신기커녕일어나기도싫다. 그러니까마찬가지다. 이방에 그외에또생각하여보면—맥이뼈를디디는것이빤히보이고, 요밖으로내어놓는팔뚝이밴댕이처럼꼬스르하다—이방이그냥거민게다. 그는거미속에가넙적하게드러누워있는게다. 거미냄새다. 이후덥지근한냄새는 아하 거미냄새다. 이방안이거미노릇을하느라고풍기는흉악한냄새에틀림없다. 그래도그는아내가거미인것을잘알고있다. 가만둔다. 그리고기껏게을러서아내—人거미—로하여금육체의자리—(或, 틈)를주지않게한다.

방밖에서아내는부시럭거린다. 내일아침보다는너무이르고그렇다고오늘아침보다는너무늦은아침밥을짓는다. 예이덧문을닫는다. (敏활하게)방안에색종이로바른반닫이가없어진다. 반닫이는참보기싫다. 대체세간이싫다. 세간은어떻게하라는것인가. 왜오늘은있나. 오늘이있어서 반닫이를보아야되느냐. 어뒤졌다. 계속하여게으른다. 오늘과반닫이가없어져라

---

2) 환투: 환퇴(幻退)의 오식인 듯. 환퇴는 환생과 같은 의미.

고. 그러나아내는깜짝놀란다. 덧문을닫는─남편─
잠이나자는남편이덧문을닫았더니생각이많다. 오줌
이마려운가─가려운가─아니저인물이왜잠을깨었
나. 참신통한일은─어쩌다가저렇게사[生]는지사는
것이신통한일이라면또생각하여보면자는것은더신통
한일이다. 어떻게저렇게자나? 저렇게도많이자나?
모든일이稀한한일이었다. 남편. 어디서부터어디까
지가부부람─남편─아내가아니라도그만아내이고
마는고야. 그러나남편은아내에게무엇을하였느냐─
담벼락이라고외풍이나가려주었더냐. 아내는생각하
다보니까참무섭다는듯이─또정말이지무서웠겠지
만─이닫은덧문을얼른열고 늘들어도처음듣는것같
은목소리로어디말을건네본다. 여보─오늘은크리스
마스요─봄날같이따뜻(이것이원체틀린禍근이다)하
니 수염좀깎소.

도무지그의머리에서 그 거미의어렵디어려운발들
이사라지지않는데 들은 크리스마스라는한마디말은
참서늘하다. 그가어쩌다가그의아내와부부가되어버
렸나. 아내가그를따라온것은사실이지만 왜따라왔

나?아니다. 와서왜가지않았나—그것은분명하다. 왜 가지않았나 이것이분명하였을때—그들이부부노릇 을한지 일년반쯤된때—아내는갔다. 그는아내가왜 갔나를알수없었다. 그까닭에도저히아내를찾을길이 없었다. 그런데아내는왔다. 그는왜왔는지알았다. 지 금그는아내가왜안가는지를알고있다. 이것은분명히 왜갔는지모르게아내가가버릴징조에틀림없다. 즉 경 험에의하면그렇다. 그는그렇다고왜안가는지를일부 러몰라버릴수도없다. 그냥 아내가설사또간다고하더 라도왜안오는지를잘알고있는그에게로불쑥돌아와주 었으면하고바라기나한다.

수염을깎고 첩첩이닫아버린번지에서나섰다. 딴은 크리스마스가봄날같이따뜻하였다. 태양이그동안에 퍽자란가도싶었다. 눈이부시고—또몸이까칫까칫도 하고—땅은힘이들고두꺼운벽이더덕더덕붙은빌딩 들을쳐다보는것은보는것만으로도넉넉히숨이차다. 아내흰양말이고동색털양말로변한것—계절은방속 에서묵는그에게겨우제목만을전하였다. 겨울—가을 이가기도전에내닥친겨울에서 처음으로인사비슷이

기침을하였다. 봄날같이따뜻한겨울날―필시이런날이세상에흔히있는공일날이나아닌지―그러나바람은뺨에도콧방울에도차다. 저렇게바쁘게씨근거리는 사람 무거운통 짐 구두 사냥개 야단치는소리 안열린들창 모든것이 견딜수없이답답하다. 숨이막힌다. 어디로가볼까. (A取引店[3]) (생각나는명함) (吳군) (자랑마라) (二十四日날월급이든가) 동행이라도있는듯이그는팔짱을내저으며싹둑싹둑썰어붙인것같이 얄팍한A취인점담벼락을뺑뺑싸고돌다가 이속에는 무엇이있나. 공기? 사나운공기리라. 살을저미는― 과연보통공기가아니었다. 눈에핏줄―새빨갛게달은 전화―그의허섭수룩한몸은금시에타죽을것같았다. 吳는어느회전의자에병마개모양으로명쳐있었다. 꿈 과같은일이다. 吳는장부를뒤져 주소씨명을차곡차곡 써내려가면서미남자인채로생동생동(살고)있었다. 調査部라는패가붙은방하나를독차지하고 방사벽에다가는빈틈없이方眼지에그린그림아닌그림을발라놓

---

3) 취인점(取引店): 상점, 거래소.

았다. "저런걸많이연구하면대강은짐작이나서렷다" "도통하면돈이돈같지않아지느니" "돈같지않으면그럼方眼지같은가" "方眼지?" "그래도통은?" "흐흠—나는도로그림이그리고싶어지데" 그러나뭣는야위지않고는배기기어려웠던가싶다. 술—그럼 색? 뭣는완전히뭣자신을활활열어젖혀놓은모양이었다. 흡사 그가 뭣앞에서나세상앞에서나그자신을첩첩이닫고있듯이. 오냐 왜그러니 나는거미다. 연필처럼야위어가는것—피가지나가지않는혈관—생각하지않고도없어지지않는머리—칵막힌머리—코없는생각—거미 거미속에서 안나오는것—내다보지않는것—취하는것—정신없는것—방—버선처럼생긴房이었다. 아내였다. 거미라는탓이었다.

뭣는주소씨명을멈추고그에게담배를내밀었다. 그러자연기를가르면서문이열렸다. (퇴사시간)뚱뚱한사람이말처럼달려들었다. 뚱뚱한신사는뭣와깨끗하게인사를한다. 가느다란몸집을한뭣는굵은목소리를 굵은몸집을한신사는가느다란목소리로주고받고하는신선한회화다. "사장께서는나가셨나요?" "네—참

이백명이좀넘는데요" "넉넉합니다먼저오시겠지요"
"한시간쯤미리가지요" "에-또에-또 에또 에또 그
럼그렇게알고" "가시겠습니까"

툭탁하고나더니뚱뚱한신사는곁에앉은그를흘깃보
고 고개를돌리고그지나갈듯하다가다시흘깃본다.
그는—내인사를하면어떻게되더라? 하고망싯망싯하
다가그만얼떨결에꾸뻑인사를하여버렸다. 이무슨염
치없는짓인가. 뚱뚱신사는인사를받더니받아가지고
는그냥싱긋웃듯이나가버렸다. 이무슨모욕인가. 그
의귀에는뚱뚱신사가대체누군가를생각해보는동안에
도"어떠십니까"는그뚱뚱신사의손가락질같은말한마
디가남아서웽웽한다.어떠냐니무엇이어떠냐누—아
니그게누군가—옳아옳아. 뚱뚱신사는바로그의아내
가다니고있는카페R회관주인이었다. 아내가또온건
서너달전이다. 와서그를먹여살리겠다는것이었다.
빚 '百圓'을얻어쓸때그는아내를앞세우고뚱뚱이보는
데타원형도장을찍었다. 그때 유카다[4]입고내려다보

---

4) 유카다: 일본인들이 목욕을 한 뒤 또는 여름철에 입는 무명 홑옷.

던눈에서느낀굴욕을오늘이라고잊었을까. 그러나 그는 이게누군지도채생각나기전에어언간이뚱뚱이에게고개를수그리지않았나. 지금. 지금. 골수에스미고말았나보다. 칙칙한근성이—모르고그랬다고하면말이될까? 더럽구나. 무슨구실로변명하여야되나. 에잇! 에잇! 아무것도차라리억울해하지말자—이렇게맹세하자. 그러나그의뺨이화끈화끈달았다. 눈물이새금새금맺혀들어왔다. 거미—분명히그자신이거미였다. 물부리처럼야위어들어가는아내를빨아먹는거미가 너 자신인것을깨달아라. 내가거미다. 비린내나는입이다. 아니 아내는그럼그에게서아무것도안빨아먹느냐. 보렴—이파랗게질린수염자국—퀭한눈—늘씬하게만연되나마나하는형용없는營養을—보아라. 아내가거미다. 거미아닐수있으랴. 거미와거미거미와거미냐. 서로빨아먹느냐. 어디로가나. 마주야위는까닭은무엇인가. 어느날아침에나뼈가가죽을찢고내밀리려는지—그손바닥만한아내의이마에는땀이흐른다. 아내의이마에손을얹고 그래도여전히그는 잔인하게 아내를밟았다. 밟히는아내는삼경이면쥐소리를지르며찌그러지곤한다. 내일아침에펴지는염낭처럼. 그러나아주까리같은사치한꽃이핀다. 방은밤마다홍수가나고 이튿날이면쓰레기가한삼태기씩이나났고—아내는이묵직한쓰레기를담아가지고늦은아침—오후네시—뜰로내려가서그도代理하여두사람치의해를보고들어온다. 금긋듯이아내는작아들어갔다. 쇠와같이독한꽃—독한거미—문을닫자. 생명에뚜껑을덮었고 사람과사람이사귀는버릇을닫았고그자신을닫았다. 온갖벗에서—온갖관계에서—온갖희망에서—온갖慾에서—그리고온갖욕에서—다만방안에서만그는활발하게발광할수있었다. 미역핥듯핥을수도있었다. 전등은그런숨결때문에곧잘꺼졌다. 밤마다이방은고달팠고 뒤집어엎었고 방안은기어병들어가면서도빠득빠득버티고있다. 방안은쓰러진다. 밖에와있는세상—암만기다려도그는나가지않는다. 손바닥만한유리를통하여 꿋꿋이걸어가는세월을볼수있을따름이었다. 그러나밤이그유리조각마저도얼른얼른닫아주었다. 안된다고.

그러자뭇는그의무색해하는것을볼수없다는듯이들

창셔터를내렸다. 자 나가세. 그는여기서나가지않고 그냥그의방으로돌아가고싶었다. (六원짜리셋방) (방밖에없는방) (편한방) 그럴수는없나. "그뚱뚱이 어떻게아나?" "그저알지" "그저라니" "그저" "친현가" "천만에—대체그게누군가" "그거—그건가부꾼[5]이지—우리취인점허구는 돈만원거래나있지" "흠" "개천에서龍이나려니까" "흠"

R카페는뚱뚱의부업인모양이었다. 내일밤은A취인점이고객을초대하는망년회가R카페삼충홀에서열릴터이고뭇는그준비를맡았단다. 이따가느지막해서 뭇는R회관에좀들른단다. 그들은찻점에서우선홍차를마셨다. 크리스마스트리곁에서축음기가깨끗이울렸다. 두루마기처럼기다란털외투—기름바른머리—금시계—보석박힌넥타이핀—이런모든뭇의차림차림이한없이그의눈에거슬렸다. 어쩌다가저지경이되었을까. 아니 내야말로어쩌다가이모양이되었을까. (돈이있다)사람을속였단다. 다털어먹은후에는볼품

---

5) 가부꾼: 부자인 듯.

좋게여비를주어서쫓는것이었다. 三十까지百萬원. 주체할수없이달라붙는계집. 자네도공연히꾸물꾸물하지말고 청춘을이렇게대우하라는것이었다. (거침없는뭇이야기) 어쩌다가아니—어쩌다가나는이렇게훨씬물러앉고말았나를알수가없었다. 다만모든이런뭇의저속한큰소리가맹탕거짓말같기도하였으나 또아니부러워할래야아니부러워할수없는 형언안되는것이확실히있는것도같았다.

지난봄에뭇는인천에있었다. 십년—그들의깨끗한우정이꿈과같은그들의소년시대를그냥아름다운것으로남기게하였다. 아직싹트지않은이른봄 健강이없는그는뭇와사직공원산기슭을같이걸으며 뭇가긴히이야기해야겠다는이야기를듣고있었다. 너무나뜻밖의일은— 뭇의아버지는백만의가산을날리고마지막경매가완전히끝난것이바로엊그제라는—여러형제가운데이뭇에게만단한줄기촉망을두는늙은期米[6]호걸의애끊는글을뭇는속주머니에서꺼내보이고—저버릴수

---

6) 기미(期米): 정기미(定期米). 양곡거래소에서 정기 거래의 목적물이 되는 쌀. 여기서는 그 장사꾼을 의미.

없는마음이─吳는운다─우리일생의일로정하고있던畫필을요만일에버리지않으면안되겠느냐는─전에도후에도한번밖에없는吳의涼涼한7)고백이었다. 그때그는봄과함께健강이오기만눈이빠지게고대하던차─그도속으로畫필을던진지오래였고─묵묵히멀지않아쪼개질축축한지면을굽어보았을뿐이었다. 그리고뒤미처태풍이왔다. 오너라─내생활을좀보아라─이런吳의부름을빙그레웃으며 그는인천의吳를들렀다. 四四─벅적대는해안통─K취인점사무실─어디로갔는지모르는吳의형영깎은듯한吳의집무태도를그는여전히건강이없는눈으로어이없이들여다보고오는날을오는날을탄식하였다. 방은전화자리하나를남기고빽빽히방안지로메꿔져있었다. 낡기도전에갈리는방안지위에붉은선푸른선의높고낮은것─吳의얼굴은일시일각이한결같지않았다. 밤이면吳를따라양철조각같은바로얼마든지쏘다닌다음─(시키시마8))─나날이축가는몸을다스릴수없었건만 이상스럽게吳는

───────────

7) 종종한: 물이 흐르는 소리나 모양.
8) 시키시마: 대화국(大和國). 일본의 딴 이름. 여기서는 카페의 이름.

여섯시면깨었고깨어서는홰등잔같은눈알을이리굴리고저리굴리고 빨간뺨이까딱하지않고아홉시까지는해안통사무실에낙자없이⁹⁾있었다. 피곤하지않는吳의몸이아마금강력과함께—필연—무슨道고도를통하였나보다. 낮이면吳의아버지는울적한심사를하나남은가야금에붙이고이따금자그마한수첩에믿는아들에게서걸리는전화를만족한듯이적는다. 미닫이를열면경인열차가가끔보인다. 그는吳의털외투를걸치고월미도뒤를돌아드문드문아직도덜진꽃나무사이잔디위에자리를잡고반듯이누워서봄이오고健강이아니온것을글탄하였다. 내다보이는바다—개흙밭위로바다가한벌드나들더니날이저물고저물고하였다. 오후네시吳는휘파람을불며이날마다같은잔디로그를찾아온다. 천막친데서흔들리는포터블¹⁰⁾을들으며차를마시고사슴을보고너무긴방죽중간에서좀선선한아이스크림을사먹고굴캐는것좀보고吳방에서신문과저녁이정답게끝난다. 이러한달—五월—그는바로그잔디위에

---

9) 낙자없이: 영락없이.
10) 포터블(portable): 휴대용 라디오.

서어느덧배따라기를배웠다. 흉중에획책하던일이날마다한켜씩바다로흩어졌다. 인생에대한끝없는주저를잔뜩지니고 인천서돌아온그의방에서는아내의자취를찾을길이없었다. 부모를배역한이런아들을아내는기어이이렇게잘떵겨주는구나―(문학)(시) 영구히인생을망설거리기위하여길아닌길을내디뎠다그러나또튀려는마음―삐뚤어진젊음(정치) 가끔그는투어리스트뷰로11)에전화를걸었다. 원양항해의배는늘방안에서만기적도불고입항도하였다. 여름이그가땀흘리는동안에가고―그러나그의등의땀이걷히기전에왕복엽서모양으로아내가초조히돌아왔다. 낡은잡지속에섞여서배고파하는그를먹여살리겠다는것이다. 왕복엽서―없어진半―눈을감고아내의살에서허다한指紋내음새를맡았다. 그는그의생활의敍술에귀찮은공을쳤다. 끝났다. 먹여라먹으마―머리도잘라라―머리지지는십전짜리인두―속옷밖에필요치않은하루―R카페―뚱뚱한유카다앞에서얻은백원―그

---

11) 투어리스트 뷰로(tourist bureau): 여행사.

러나그百원을그냥쥐고인천吳에게로달려가는그의귀
에는지난五월吳가—백원을가져오너라우선석달만에
백원내놓고오백원을주마—는분간할수없지만너무
든든한한마디말이쟁쟁하였던까닭이다. 그리고盜電
하는그에게아내는제발이저려그랬겠지만잠자코있었
다. 당하였다. 신문에서배시간표를더러보기도하였
다. 吳는두서너번편지로그의그런생활태도를여간칭
찬한것이아니다. 吳가경성으로왔다. 석달은한달전
에끝이났는데—吳는인천서吳에게버는족족털어바치
던아내(라고吳는결코부르지않았지만)를벗어버리고
—그까짓것은하여간에吳의측량할수없는깊은우정은
그넉달전의일도또한달전에으레있었어야할일도광풍
제월같이잊어버린—참반가운편지가요며칠전에 그
의닫은생활을뚫고들어왔다. 그는가을과겨울을잤다.
계속하여자는중이었다. —예이그래이사람아한번파
치12)가된계집을또데리고살다니하는吳의필시그럴
공연한쑤석질도싫었었고—그러나크리스마스—아

---

12) 파치: 파손되어서 못쓰게 된 물건.

니다. 어디그펑구워먹은좋은얼굴을좀보아두자―좋
은얼굴―전날의묫―그런것이지―주체할수없게되
기전에여기다가동그라미를하나쳐두자―물론아내
는아무것도모른다.

2

　그날밤에아내는멋없이충계에서굴러떨어졌다. 못
났다.
　도저히알아볼수없는이긴가민가한묫와그는어디서
술을먹었다. 분명히아내가다니고있는R회관은아닌
그러나역시그는그의아내와조금도틀린곳을찾을수없
는너무많은그의아내들을보고소름이끼쳤다. 별의별
세상이다. 저렇게해놓으면어떤것이어떤것인지―오
―가는것을보면알겠군―두시에는남편노릇하는사
람들이일일이영접하러오는그들여급의신기한생활을
그는들어알고있다. 아내는마중오지않는그를애정을
구실로몇번이나책망하였으나 들키면어떻게하려느

냐—누구에게—즉—상대는보기싫은넓적하게생긴
세상이다. 그는이왔다갔다하는똑같이생긴화장품—
사실화장품의高하가그들을구별시키는외에는표난데
라고는영없었다—얼숭덜숭한아내들을두리번두리
번돌아보았다. 헤헤—모두그렇겠지—가서는방에서
—(참당신은너무닮았구려)—그러나내아내는화장품
을잘사용하지않으니까—아내의파리한바탕주근깨
—코보다작은코—입보다얇은입—(화장한당신이화
장안한아내를닮았다면?)—"용서하오"—그러나내아
내만은 왜그렇게야위나. 무엇때문에 (네罪) (네가모
르느냐) (알지) 그러나이여자를좀보아라. 얼마나이
글이글하게살이알르냐 잘쪘다. 곁에와앉기만하는데
도후끈후끈하는구나. 貘의귓속말이다. "이게마유미
야이뚱뚱보가—하릴없이양돼진데좋아좋단말이야
—숲알낳는게사니[13]이야기알지(알지)즉화수분이야
—하룻저녁에三원四원五원—잡힐물건이없는데돈주
는전당국이야(정말?)아—나의사랑하는마유미거든"

---

13) 게사니: '거위'를 뜻하는 사투리.

지금쯤은아내도저짓을하렷다. 아프다. 그의찌푸린 얼굴을얼른못가껄껄웃는다. 홍―고약하지―하지만 들어보게―소바[14)에게집은절대금물이다. 그러나 살을저며먹이려고달려드는것을어쩌느냐(옳다옳다) 계집이란무엇이냐돈없이계집은무의미다―아니, 계 집없는돈이야말로무의미다. (옳다옳다)못야어서다 음을계속하여라. 따면따는대로금시계를산다몇개든 지, 또보석, 털외투를산다, 얼마든지비싼것으로. 잃 으면그놈을끄린다옳다. (옳다옳다) 그러나이짓은좀 안타까운걸. 어떻게하는고하니계집을하나찰짜로골 라가지고 쓱 시계보석을사주었다가도로빼앗아다가 끄리고 또사주었다가또빼앗아다가끄리고―그러니 까사주기는사주었는데그놈이평생가야제것이아니고 내것이거든―쓱얼마를그런다음에는―그러니까꼭 여급이라야만쓰거든―하룻저녁에아따얼마를벌든 지버는대로털거든―살을저며먹이려드는데하루에 아三四원털기쯤―보석은또여전히사주니까남는것은

14) 소바: 여기서는 미두(米豆)를 가리킴.

없어도여러번사준폭되고내가거미지, 거민줄알면서
도―아니야, 나는또제요구를안들어주는것은아니니
까―그렇지만셋방하나얻어가지고 같이살자는데는
학질이야―여보게거기까지만가면三十까지百만원꿈
은세봉[15])이지. (옳다? 옳다?) 소바란놈이따가부자
되는수효보다는지금거지되는수효가훨씬더많으니
까, 다, 저런것이하나있어야든든하지. 즉背수진을쳐
놓자는것이다. 뭋는현명하니까이金알낳는게사니배
를가를리는천만만무다. 저더덕덕덕붙은볼따구니두
껍다란입술이생각하면다시없이귀엽기도할밖에.
　그의눈은주기로하여차차몽롱하여들어왔다개개풀
린시선이그마유미라는고깃덩어리를부러운듯이살피
고있었다. 아내―마유미―아내―자꾸말라들어가는
아내―꼬챙이같은아내―그만좀마르지―마유미를
좀보려무나―넓적한잔등이푼더분한폭, 幅, 폭을―
세상은고르지도못하지―하나는옥수수과자모양으
로무럭무럭부풀어오르고하나는눈에보이듯이오그라

---

15) 세봉: 좋지 않은 일. 큰 탈이 날 일.

들고—보자어디좀보자—인절미굽듯이부풀어올라오는것이눈으로보이렷다. 그러나그의눈은어항에든금붕어처럼눈자위속에서그저오르락내리락꿈틀거릴뿐이었다. 화려하게웃는마유미의복스러운얼굴이해초처럼느리게움직이는것이희미하게보일뿐이었다. 吳는이런코를찌르는화장품속에서웃고소리지르고손뼉을치고또웃었다.

왜吳에게만저런강력한것이있나. 분명히吳는마유미에게여위지못하도록禁하여놓았으리라. 명령하여놓았나보다. 장하다. 힘. 의지. —? 그런강력한것—그런것은어디서나오나. 내—그런것만있다면이노릇안하지—일하지—하여도잘하지—들창을열고뛰어내리고싶었다. 아내에게서 그악착한끄나풀을끌러던지고훨훨줄달음박질을쳐서달아나버리고싶었다. 내의지가작용하지않는온갖것아, 없어져라. 닫자. 첩첩이닫자. 그러나이것도힘이아니면 무엇이랴—시뻘겋게상기한눈이살기를띠고명멸하는황홀겸담벼락에숨쉬일구멍을찾았다. 그냥벌벌떨었다. 텅비인골속에회오리바람이일어난것같이완전히전후를가리지

못하는일개그는추잡한취한으로화하고말았다.

그때마유미는그의귀에다대이고속삭인다. 그는목을움칫하면서혀를내밀어널름널름하여보였다. 그러나저러나너무먹었나보다—취하기도취하였거니와이것은배가좀너무부르다. 마유미무슨이야기요. "저이가거짓말쟁인줄제가모르는줄아십니까. 알아요(그래서)미술가라지요. 생판전을해놓겠지요. 좀타일러주세요—어림없이그러지말라구요—이마유미는속는게아니라구요—제가이러는게그야좀반하긴반했지만—선생님은아시지요(알고말고)어쨌든저따위끄나풀이한마리있어야샵니다. (뭐? 뭐?)생각해보세요—그래하룻밤에三四원씩벌어야뭣에다쓰느냐말이에요—화장품을사나요?옷감을끊나요하긴한두번아니여남은번까지는아주비싼놈으로골라서그짓도하지요—하지만허구한날화장품을사나요옷감을끊나요?거기다뭐하나요—얼마못가서싫증이납니다—그럼거지를주나요? 아이구참—이세상에서제일미운게거집니다. 그래두저런끄나풀을한마리가지는게화장품이나옷감보다는훨씬낫습니다. 좀처럼싫증나는

법이없으니까요—즉남자가외도하는—아니—좀다릅니다. 하여간싸움을해가면서벌어다가그날저녁으로저끄나풀한테빼앗기고나면—아니송두리째갖다바치고나면속이시원합니다. 구수합니다. 그러니까저를빨아먹는거미를제손으로기르는세음이지요. 그렇지만또이허전한것을저끄나풀이다수긋이채워주거니하면아까운생각은커녕즈이가되려거민가싶습니다. 돈을한푼도벌지말면그만이겠지만인제그만해도이생활이살에척배어버려서얼른그만두기도어렵고허자니그러기는싫습니다. 이를북북갈아제쳐가면서기를쓰고빼앗습니다."

양말—그는아내의양말을생각하여보았다. 양말사이에서는신기하게도 밤마다지폐와은화가나왔다. 五十전짜리가딸랑하고방바닥에굴러떨어질때 듣는그음향은이세상아무것에도 비길수없는가장숭엄한감각에틀림없었다. 오늘밤에는 아내는또몇개의그런은화를정강이에서배앝아놓으려나그북어와같은종아리에난돈자국—돈이살을파고들어가서—고놈이아내의정기를속속들이빨아내이나보다. 아-거미—잊어

버렸던거미—돈도거미—그러나눈앞에놓여있는너
무나튼튼한쌍거미—너무튼튼하지않으냐. 담배를한
대피워물고—참—아내야. 대체내가무엇인줄알고죽
지못하게이렇게먹여살리느냐—죽는것—사는것. —
그는천하다. 그의존재는너무나우스꽝스럽다. 스스
로지나치게비웃는다.

그러나—두시—그황홀한동굴—房—을향하여그의
걸음은빠르다. 여러골목을지나—뭣야너는너갈데로
가거라—따뜻하고밝은들창과들창을볼적마다—닭
—개—소는이야기로만—그리고그림엽서—이런펄
펄끓는심지를부여잡고그화끈화끈한방을향하여쏟아
지듯이몰려간다. 전신의피—무게—와있겠지—기다
리겠지—오래간만에취한실없는사건—허리가녹아
나도록이녀석—이녀석—이엉뚱한발음—숨을힘껏
들이쉬어두자. 숨을힘껏쉬어라. 그리고참자. 에라.
그만아주미쳐버려라.

그러나웬일일까. 아내는방에서기다리고있지않았
다. 아하—그날이왔구나. 왜갔는지모르는데가버리
는날—하필? 그러나 (왜왔는지알기전에) 왜갔는지

모르고 지내는중에 너는또오려느냐—내친걸음이다. 아니—아주닫아버릴까. 수챗구멍에빠져서라도 섣불리세상이업신여기려도업신여길수없도록—트집거리를주어서는안된다. R카페—내일A취인점이고객을초대하는망년회를열—아내—뚱뚱주인이받아가지고간 내인사—이저주받아야할R카페의뒷문으로하여주춤주춤그는조바16)에그의헙수룩한꼴을나타내었다. 조바내다안다—너희들이얼마에사다가얼마에파나—알면무엇을하나—여보안경쓴부인말좀물읍시다. (아이구복작거리기도한다이속에서어떻게들사누)부인은통신부같이생긴종잇조각에차례차례도장을하나씩만찍어준다. 아내는일상말하였다. 얼마를벌든지일원씩만갚는법이라고—딴은無利자다—어째서무利자냐—(아느냐)—돈이—같지않더냐—그야말로도통을하였느냐. 그래"나미코가어디있습니까""댁에서오셨나요지금경찰서에가있습니다""뭘잘못했나요""아아니—이거어째이렇게칠칠치가

---

16) 조바(帳場): 상점·여관·요리점 등에서 돈계산 하는 곳. 카운터.

못할까"는듯이칼을들고나온쿡이똑똑히좀들으라는
이야기다. 아내는충계에서굴러떨어졌다. 넌왜요렇
게빼빼말랐니―아야아야노세요말좀해봐아야아야
노세요. (눈물이핑돌면서)당신은왜그렇게양돼지모
양으로살이쪘소오―뭐이, 양돼지?―양돼지가아니
고―에이발칙한것. 그래서발길로채였고채여서는충
계에서굴러떨어졌고굴러떨어졌으니분하고―모두
분하다. "과히다치지는않았지만그런 놈은버릇을좀
가르쳐주어야하느니그래경관은내가불렀소이다"말
라깽이라고그런점잖은손님의농담에어찌외람히말대
꾸를하였으며말대꾸도유분수지양돼지라니―그래
생각해보아라네가말라깽이가아니고무엇이냐―암
―내라도양돼지소리를듣고는―아니말라깽이소리
를듣고는―아니양돼지소리를듣고는―아니다아니
다말라깽이소리를듣고는―나도사실은말라깽이지
만―그저있을수없다―양돼지라그래줄밖에―아니
그래양돼지라니그런괘씸한소리를듣고내가손님이라
면―아니내가여급이라면―당치않은말―내가손님
이라면그냥패주겠다. 그렇지만아내야양돼지소리한

마디만은잘했다그러니까걷어채였지―아니 나는대체누구편이냐누구편을들고있는세음이냐. 그대그락대그락하는몸이은근히다쳤겠지―접시깨지듯했겠지―아프다. 아프다. 앞이다캄캄하여지기전에 사부로가씨근씨근왔다. 남편되는이더러오란단다. 바로나요―마침잘되었습니다. 나쁜놈입니다. 고소하세요. 여급들과보이들과이다바[17]들의동정은실로나미코일신위에집중되어형세자못온건치않은것이었다.

경찰서숙직실―이상하다―우선경부보[18]와순사그리고吳R카페뚱뚱주인 그리고과연양돼지와같은범인 (저건내라도양돼지라고자칫그러기쉬울걸) 그리고난로앞에새파랗게질린채쪼그리고앉아있는새양쥐만한아내―그는얼빠진사람모양으로이진기한―도저히있을법하지않은콤비네이션을몇번이고두루살펴보았다. 그는비칠비칠그양돼지앞으로가서그개기름흐르는얼굴을한참이나들여다보더니뗘억 "당신입디까" "당신입디까" 아마안면이무던히있나보다서

---

17) 이다바: 주방, 요리사라는 뜻의 일본말.
18) 경부보: 경부의 아래. 순사부장의 위이던 판임관의 경찰관.

로쳐다보며빙그레웃는속이—그러나아내야가만있
자—제발울음을그쳐라어디이야기나좀해보자꾸나.
후－한숨을내쉬고났더니멈췄던취기가한꺼번에치밀
어올라오면서그는금시로그자리에쓰러질것같았다.
와이샤쓰자락이바지밖으로꾀져나온이양돼지에게말
을건넨다. "뵈옵기에퍽몸이약하신데요" "딴말씀"
"딴말씀이라니" "딴말씀이지" "딴말씀이지라니"
"허딴말씀이라니까" "허딴말씀이라니까라니" 그때
참다못하여경부보가소리를질렀다. 그리고 그대가나
미코의정당한남편인가. 이름은무엇인가직업은무엇
인가하는질문에는질문마다 그저한없이공손히고개
를숙여주었을뿐이었다. 고개만그렇게공연히숙였다
치켰다할것이아니라그대는그래고소할터인가즉말하
자면이사람을어떻게하였으면좋겠는가. 그렇습니다.
(당신들눈에내가구더기만큼이나보이겠소? 이사람
을어떻게하였으면좋을까는내가모르면경찰이알겠거
니와 그래내가하라는대로하겠다는말이오?) 지금내
가어떻게하였으면좋을까는누구에게물어보아야되나
요. 거기섰는못 그리고내아내의주인 나를위하여가

르쳐주소,　어떻게하였으면좋으리까눈물이어느사이
에뺨을흐르고있었다.　술이점점더취하여들어온다.
그는이자리에서어떻다고차마입을벌릴정신도용기도
없었다.　뜻와뚱뚱주인이그의어깨를건드리며위로한
다. "다른사람이아니라우리A취인점전무야. 술취한
개라니 그렇게만알게나그려. 자네도알다시피내일망
년회에전무가없으면사장이없는것이상이야.　잘화해
할수는없나" "화해라니누구를위해서" "친구를위하
여" "친구라니" "그럼우리점을위해서" "자네가사
장인가" 그때뚱뚱주인이 "그럼당신의아내를위하
여" 百원씩두번얻어썼다.　남은것이百五十원—잘알
아들었다.　나를위협하는모양이구나. "이건동화지만
세상에는어쨌든이런일도있소. 즉百원이석달만에꼭
五百원이되는이야긴데꼭되었어야할五百원이그게녁
달이었기때문에감쪽같이한푼도없어져버린신기한이
야기요. (뜻야내가좀치사스러우냐) 자이런일도있는
데 일개여급발길로차는것쯤이야팥고물이아니고무
엇이겠소? (그러나뜻야일없다일없다) 자나는가겠소
왜들이렇게성가시게구느냐, 나는아무것에도참견하

기싫다. 이술을곱게삭이고싶다. 나를보내주시오아
내를데리고가겠소. 그리고는다마음대로하시오."

밤―홍수가고갈한최초의밤―신기하게도건조한밤
이었다아내야너는이이상더야위어서는안된다절대로
안된다명령해둔다. 그러나아내는참새모양으로깽깽
신열까지내어가면서날이새도록앓았다. 그곁에서그
는이것은너무나염치없이씨근씨근쓰러지자마자잠이
들어버렸다. 안골던코까지골고―아―정말양돼지는
누구냐 너무피곤하였던것이다. 그냥기가막혀버렸던
것이다.

그동안―긴시간.

아내는아침에나갔다. 사부로가부르러왔기때문이
다. 경찰서로간단다. 그도오란다. 모든것이귀찮았
다. 다리저는아내를억지로내어보내놓고그는인간세
상의하품을한번커다랗게하였다. 한없이게으른것이
역시제일이구나. 첩첩이덧문을닫고앓는소리없는방
안에서이번에는정말―제발될수있는대로아내는오
래걸려서이따가저녁때나되거든돌아왔으면그러든지
―경우에따라서는아내가아주가버리기를바라기조

차하였다. 두다리를죽뻗고깊이깊이잠이좀들어보고
싶었다.

오후두시—十원지폐가두장이었다. 아내는그앞에
서연해해죽거렸다. "누가주더냐" "당신친구吳씨가
줍디다" 吳 吳역시吳로구나(그게네百원꿀떡삼킨동
화의주인공이다) 그리운지난날의기억들변한다모든
것이변한다. 아무리그가이방덧문을첩첩닫고—년열
두달을수염도안깎고누워있다하더라도세상은그잔인
한'관계'를가지고담벼락을뚫고스며든다. 오래간만
에잠다운잠을참한참늘어지게잤다. 머리가차츰차츰
맑아들어온다. "吳가주더라 그래뭐라고그러면서주
더냐" "전무가술이께서참잘못했다고사과하더라고"
"너대체어디까지갔다왔느냐" "조바까지" "잘한다
그래그걸넙죽받았느냐" "안받으려다가정잘못했다
고그러더라니까" 그럼吳의돈은아니다. 전무? 뚱뚱
주인 둘다있을법한일이다. 아니, 十원씩추렴인가,
이런때에그의머리는맑은가. 그냥흐려서 아무것도생
각할수없이되어버렸으면작히좋겠나. 망년회 오후.
고소. 위자료. 구더기. 구더기만도못한인간아내는아

프다면서재재대인다. "공돈이생겼으니써버립시다. 오늘은안나갈테야 (멍든데고약사바를생각은꿈에도 하지않고) 내일낮에치마가한감저고리가한감(뭣이 하나뭣이하나) (그래서十원은까불린다음) 나머지十 원은당신구두한켤레맞춰주기로"마음대로하려무나. 나는졸립다. 졸려죽겠다. 코를풀어버리더라도내게 의논마라. 지금쯤R회관삼층에얼마나장중한연회가 열렸을것이며 양돼지전무는와이샤쓰를접어넣고얼 마나점잖을것인가. 유치장에서연회로(공장에서가 정으로)二十원짜리―二백여명―칠면조―햄―소시 지―비계―양돼지――년전二년전十년전―수염― 냉회[19]와같은것―남은것―뼈다귀―지저분한자국 ―과 무엇이남았느냐―닳은―년동안―산채썩어들 어가는그앞에가로놓인아가리딱벌린일월이었다.

　위로가될수있었나보다. 아내는혼곤히잠이들었다. 전등이딱들하다는듯이물끄러미내려다보고있다. 진 종일을물한모금마시지않았다. 二十원때문에그들부

---

19) 냉회(冷灰): 불기운이 전혀 없는 차디찬 재.

부는먹어야산다는 철칙을—그장중한법률을완전히
거역할수있었다.

　이것이지금이기괴망측한생리현상이즉배가고프다
는상태렷다. 배가고프다. 한심한일이다. 부끄러운일
이었다. 그러나 뭇 네생활에내생활을비교하여 아니
내생활에네생활을비교하여어떤것이진정우수한것이
냐.　아니어떤것이진정열등한것이냐. 외투를걸치고
모자를얹고—그리고잊어버리지않고그二十원을주머
니에넣고집—방을나섰다. 밤은안개로하여흐릿하다.
공기는제대로썩어들어가는지쉬적지근하다.　또—과
연거미다. (환투)—그는그의손가락을코밑에가져다
가가만히맡아보았다. 거미내음새는—그러나二十원
을요모조모주무르던그새금한지폐내음새가참그윽할
뿐이었다.　요새금한내음새—요것때문에세상은가만
있지못하고생사람을더러잡는다—더러가뭐냐. 얼마
나많이축을내나. 가다듬을수없는어지러운심정이었
다. 그거—그렇지—거미는나밖에없다.　보아라. 지
금이거미의끈적끈적한촉수가어디로몰려가고있나
—쪽 소름이끼치고식은땀이내솟기시작이다.

노한촉수—마유미—뭇의자신있는계집—끄나풀—
허전한것—수단은없다. 손에쥐인二十원—마유미—
十원은술먹고十원은팁으로주고그래서마유미가응하
지않거든 예이 양돼지라고그래버리지. 그래도그만
이라면二十원은그냥날아가—헛되다—그러나어떠냐
공돈이아니냐. 전무는한번더아내를층계에서굴러떨
어뜨려주려무나. 또二十원이다. 十원은술값十원은
팁. 그래도마유미가응하지않거든 양돼지라고그래주
고 그래도그만이면二十원은그냥뜨는것이다부탁이
다. 아내야 또한번전무귀에다대이고 양돼지 그래라.
걷어차거든두말말고층계에서내리굴러라.

환시기(幻視記)

太昔에 左右를 難辨하는 天痴 있더니

그 不吉한 子孫이 百代를 겪으매

이에 가지가지 天刑病者를 낳았더라.[1]

 암만 봐두 여편네 얼굴이 왼쪽으로 좀 삐뚤어징 거 같단 말야 싯?

 결혼한 지 한 달쯤 해서.

 처녀가 아닌 대신에 고리키 전집을 한 권도 빼놓지 않고 독파했다는 처녀 이상의 보배가 송(宋)군을 동(動)하게 하였고 지금 송군의 은근한 자랑거리리라.

---

1) 고리키의 희곡 「밤 주막」의 앞에 나오는 주제 음악 가사.

결혼하였으니 자연 송군의 서가와 부인 순영 씨 (이 순영이라는 이름자 밑에다 씨자를 붙이지 않으면 안 되는 지금 내 가엾은 처지가 말하자면 이 소설을 쓰는 동기지)의 서가가 합병할밖에— 합병을 하고 보니 송군의 최근에 받은 고리키 전집과 순영 씨의 고색창연한 고리키 전집이 얼렸다.

결혼한 지 한 달쯤 해서 송군은 드디어 자기가 받은 신판 고리키 전집 한 질을 내다 팔았다.

반만 먹세—

반은?

반은 여편네 갖다 주어야지— 지난달에 그 지경을 해놓아서 이달엔 아주 죽을 지경일세—

난 또 마누라 화장품이나 사다 주는 줄 알았네 그려—

화장품? 암만 봐두 여편네 얼굴이라능 게 왼쪽으로 '약간' 비뚤어졌다는 감이 없지 않단 말야— 자네 사 년 동안이나 쫓아댕겼다니 삐뚤어징 거 알구두 그랬나? 끝끝내 모르구 그만두었나?

좋은 하늘에 별까지 똑똑히 잘 박힌 밤이 사 년

전 첫여름 어느 날이었던지? 방송국 넘어가는 길 성벽에 가 기대 선 순영의 얼굴은 월광 속에 있는 것처럼 아름다웠다. 항라적삼 성긴 구멍으로 순영의 소맥빛 호흡이 드나드는 것을 나는 내 가장 인색한 원근법에 의하여서도 썩 가쁘게 느꼈다. 어떻게 하면 가장 민첩하게 그러면서도 가장 자연스럽게 순영의 입술을 건드리나—

나는 약 삼분 가량의 지도(地圖)를 설계하였다. 우선 나는 순영의 정면으로 다가서 보는 수밖에—

그때 나는 참 이상한 것을 느꼈다. 월광 속에 있는 것처럼 아름다운 순영의 얼굴이 웬일인지 왼쪽으로 좀 삐뚤어져 보이는 것이다.

나는 큰 범죄나 한 사람처럼 냉큼 바른편으로 비켜 섰다. 나의 그런 불손한 시각을 정정하기 위하여 —

(그리하여) 위치의 불리로 말미암아서도 나는 순영의 입술을 건드리지 못하고 그만두었다. (실로 사년 전 첫여름 어느 별빛 좋은 밤)경관이 무엇 하러 왔는지 왔다. 나는 삼천포읍에 사는 사람이라고 그

러니까 순영은 회령읍에 사는 사람이라고 그런다. 내 그 인색한 원근법이 일사천리지세로 남북 이천 오백 리라는 거리를 급조하여 나와 순영 사이에다 펴놓는다. 순영의 얼굴에서 순간 월광이 사라졌다.

아내가 삼천포에서 편지를 했다. 곧 돌아가게 될는지 좀 지체가 될는지 지금 같아서는 도무지 짐작이 서지 않는단다.

내 승낙 없이 한 아내의 외출이다. 고물장수를 불러다가 아내가 벗어 놓고 간 버선짝까지 모조리 팔아먹으려다가—

아내가 십 중의 다섯은 돌아올 것 같았고 십 중의 다섯은 안 돌아올 것 같았고 해서 사실 또 가랬댔자 갈 데가 있는 바 아니고 에라 자빠져서 어디 오나 안 오나 기다려 보자꾸나—

싫어서 나는 저녁이면 윤(尹)군을 이용해서는 순영이 있는 바 모로코에를 부리나케 드나들었다.

아내가 달아났다는 궁상이 술 먹는 남자에게는 술 먹기 좋은 구실이다. 십 중 다섯은 아내가 돌아올

가능성이 있다는 눈치를 눈곱만치라도 거죽에 나타내어서는 안 된다. 나는 내 조금도 슬프지 않은 슬픔을 재주껏 과장해서 순영의 동정심을 끌기에 노력했다. 그러나 이런 던적스러운 청승이 결국 순영을 어찌할 수도 없었다.

그 후 얼마 되지 않아 순영은 광주로 갔다. 가던 날 순영은 내게 술을 먹였다. 나는 그의 치맛자락을 잡아 찢고 싶었다. 나는 울었다. 인생은 허무하외다 그러면서― 그랬더니 순영은 이것은 아마 술이 부족해서 그러나 보다고 여기고 맥주 한 병을 더 청하는 것이었다.

반 년 동안 나는 순영을 잊을 수가 없었다. 그 동안에 십 중 다섯으로 아내가 돌아왔다. 나는 이 아내를 맞을 수밖에 없었다. 사랑하지 않는 아내를 나는 전의 열 갑절이나 사랑할 수 있었다. 내 순영에게 향하여 잔뜩 곪은 애정이 이에 순영이 돌아오기 전에 터져 버린 것이다. 아내는 이런 나를 넘보기 시작했다.

반년 만에 돌아온 순영이 돌아서서 침을 탁 배앝는다. 반년 동안 외출했던 아내를 말 한마디 없이 도로 맞는 내 얼굴 위에다—

부질없는 세월이 사 년 흘렀다. 아내의 두 번째 외출은 십 중 다섯은 돌아오지 않는 것이었다. 나는 내 고독을 일곱 일 원 사십 전과 바꾸었다. 인쇄공장 우중충한 속에서 활자처럼 오늘도 내일도 모레도 똑같은 생활을 찍어 내었다. 그러면서도 나는 순영이 그의 일터를 옮기는 대로 어디까지든지 쫓아다니지 않을 수 없었다. 일곱 일 원 사십 전에 팔아버린 내 생활에 그래도 얼마간 기꺼운 시간이 있었다면 그것은 오직 순영 앞에서 술잔을 주무르는 동안뿐이었다. 그러나 한번 돌아선 순영의 마음은— 아니 한 번도 나를 향하지 않은 순영의 마음은 남북 이천오백 리와 같이 차디찬 거리 저편의 것이었다. 그 차디찬 거리 이편에는 늘 나와 나처럼 고독한 송(宋)군이 오들오들 떨고 있었다.

나는 이미 순영 앞에서 내 고독을 호소할 수조차

없어졌다. 나는 송군의 고독을 빌려다가 순영 앞에서 울었다. 송군의 직업은 송군의 양심이 증발해 버린 뒤의 것이었다. 그 때문에 그는 몹시 고민한다. 얼굴이 종이처럼 창백하다. 나는 이런 송군의 불행을 이용하여 내 슬픔을 입증시켜 보느라고 실로 천만 어의 단자를 허비했다. 순영의 얼굴에는 봄다운 홍조가 돌기 시작하는 것 같았다. 나는 어느틈엔지 나 자신의 위치를 그만 잃어버리고 말았다. 필사의 노력으로 겨우 내 위치를 다시 탈환했을 때에는 이미,

송선생님이세요? 이상(李箱) 씨하구 같이(이것은 과연 객쩍은 덧붙이개였다) 오늘 밤에 좀 놀러 오세요— 네?

이런 전화가 끝난 뒤였다. 송군은 상반기 상여금을 받았노라고 한잔 먹잔다.

먹었다.

취했다.

몽롱한 가운데서 나는 이 땅을 떠나리라 생각했다. 머얼리 동경으로 가버리리라.

갈 테야 갈 테야. 가버릴 테야(동경으로).

아이 더 놀다 가세요. 벌써 가시면 주무시나요? 네? 송선생님—

송선생님은 점을 쳐보나 보다. 괘(卦)는 이상에게 '고기'를 대접하라 이렇게 나온 모양이다. 그래서 송군은 나보다도 먼저 일어섰다. 자동차를 타자는 것이다. 나는 한사코 말렸다. 그의 재정을 생각해서도 나는 그를 그의 하숙까지 데려다주는 데 그칠 수밖에 없었다. 하숙 이층 그의 방에서 그는 몹시 게웠다. 말간 맥주만이 올라왔다. 나는 송군을 청결하기 위하여 한 시간을 진땀을 흘렸다. 그를 눕히고 밖으로 나왔을 때에는 유월의 밤바람이 아카시아의 향기를 가지고 내 피곤한 피부를 간지르는 것이었다. 나는 멕시코에서 커피를 마시면서 토하면서 울고 울다가 잠이 든 송군을 생각했다.

순영에게 전화나 걸어 볼까.

순영이? 나 상(箱)이야— 송군 집에 잘 갖다 두었으니 안심헐 일—

오늘은 어쩐지 그냥 울적해서 견딜 수가 없단다. 집으로 가 일찍 잠이나 자리라 했는데 멕시코에—

와두 좋지— 헐 이얘기두 좀 있구—

조용히 마주 보는 순영의 얼굴에는 사 년 동안에 확실히 피로의 자취가 늘어 보였다. 직업에 대한 극도의 염증을 순영은 나지막한 목소리로 호소한다. 나는 정색하고,

송군과 결혼하지 응? 그야말루 송군은 지금 절벽에 매달린 사람이오— 송군이 가진 양심, 그와 배치되는 현실의 박해로 말미암은 갈등, 자살하고 싶은 고민을 누가 알아주나—

송선생님이 불현듯이 만나 뵙구 싶군요.

십 분 후 나와 순영이 송군 방 미닫이를 열었을 때 자살하고 싶은 송군의 고민은 사실화하여 우리들 눈앞에 놓여 있었다.

아로날 서른여섯 개의 공동(空洞) 곁에 이상의 주소와 순영의 주소가 적힌 종잇조각이 한 자루 칼보다도 더 냉담한 촉각을 내쏘으면서 무엇을 재촉하는 듯이 놓여 있었다.

나는 밤 깊은 거리를 무릎이 척척 접히도록 쏘다

녀 보았다. 그러나 한 사람의 생명은 병원을 가진 의사에게 있어서 마작의 패 한 조각, 한 컵의 맥주보다도 우스꽝스러운 것이었다. 한 시간 만에 나는 그냥 돌아왔다. 순영은 쩡쩡 천장이 울리도록 코를 골며 인사불성된 송군 위에 엎뎌 입술이 파르스레하다.

어쨌든 나는 코고는 '사체(死體)'를 업어 내려 자동차에 실었다. 그리고 단숨에 의전병원으로 달렸다. 한 마리의 셰퍼드와 두 사람의 간호부와 한 분의 의사가 세 사람(?)의 환자를 맞아 주었다.

독약은 위에서 아직 얼마밖에 흡수되지 않았다. 생명에는 '별조'가 없으나 한 시간에 한 번씩 강심제 주사를 맞아야겠고 또 이 밤중에 별달리 어쩌는 도리도 없고 해서 입원했다.

시계를 들고 송군의 어지러운 손목을 잡아 맥박을 계산하면서 한밤을 새라는 의사의 명령이다. 맥박은 '130'을 드나들면서 곤두박질을 친다. 순영은 자기도 밤을 새우겠다는 것을 나는 굳이 보냈다.

가서 자고 아침에 일찍 와요. 그래야 아침에 내가

좀 자지 둘이 다 지쳐 버리면 큰일 아냐?

동이 훤—히 터왔다. 복도로 유령 같은 입원 환자의 발자취 소리가 잦아 간다. 수도는 쏴— 기침은 쿨룩쿨룩— 어린애는 으아—

거기는 완연 석탄산수 냄새 나는 활지옥에 틀림없었다. 맥박은 '100'을 조금 넘나 보다.

병원 문이 열리면서 순영은 왔다. 조그만 보따리 속에는 송군을 위한 깨끗한 내의 한 벌이 들어 있었다. 나는 소태같이 써들어오는 입을 수도에 가서 양치질했다.

내가 밥을 먹고 와도 송군은 역시 깨지 않은 채다. 오전중에 송군 회사에 전화를 걸고 입원 수속도 끝내고 내가 있는 공장에도 전화를 걸고 하느라고 나는 병실에 없었다. 오후 두시쯤 해서야 겨우 병실로 돌아와 보니 두 사람은 손을 맞붙들고 낮은 목소리로 이야기를 하고 있다. 나는 당장에 눈에서 불이 번쩍 나면서,

망신— 아니 나는 대체 지금 무슨 '역할'을 하고 있는 것이냐. 순간 나 자신이 한없이 미워졌다. 얼

마든지 나 자신에 매질하고 싶었고 침 뱉으며 조소하여 주고 싶었다.

나는 커다란 목소리로,

자네는 미친놈인가? 그럼 천친가? 그럼 극악무도한 사기한인가? 부처님 허리토막인가?

이렇게 부르짖는 외에 나는 내 맵시를 수습하는 도리가 없지 않은가. 울음이 곧 터질 것 같았다. 지난밤에 풀린 아랫도리가 덜덜 떨려 들어왔다.

태산이 무너지는 줄만 알구 나는 십년감수를 하다시피 했네— 그래 이 병실 어느 구석에 쥐 한 마리나 있단 말인가 없단 말인가?

순영은 창백한 얼굴을 폭 숙이고 있다. 송군은 우는 것도 같은 얼굴로 나를 쳐다보면서,

미안허이—

나는 이 이상 더 이 방 안에 머무를 의무도 필요도 없어진 것을 느꼈다. 병실 뒤 종친부로 통하는 곳에 무성한 화단이 있다. 슬리퍼를 이끈 채 나는 그 화단 있는 곳으로 나갔다. 이름 모를 가지가지 서양 화초가 유월 볕 아래 피어 어우러졌다. 하나같

이 향기 없는 색채만의 꽃들— 그러나 그 남국적인 정열이 애타게 목말라서 벌들과 몇 사람의 환자가 화단 속을 초조히 거니는 것이었다.

어째서 나는 하는 족족 이 따위 못난 짓밖에 못하나— 그렇지만 이 허리가 부러질 희극두 인제 아마 어떻게 종막이 되었나 보다.

잔디 위에 앉아서 볕을 쬐었다. 피로가 일시에 쏟아지는 것 같다. 눈이 스르르 저절로 감기면서 사지가 노곤해 들어온다. 다리를 쭉 뻗고,

이번에야말루 동경으루 가버리리라—

잔디 위에는 곳곳이 가제와 붕대 끄트러기가 널려 있었다. 순간 먹은 것을 당장에라도 게우지 않고는 견디기 어려울 것 같은 극도의 오예감(汚穢感)이 오관(五官)을 스쳤다. 동시에 그 불붙는 듯한 열대성 식물들의 풍염한 화판조차가 무서운 독을 품은 요화(妖花)로 변해 보였다. 건드리기만 하면 그 자리에서 손가락이 썩어 문드러져서 뭉청뭉청 떨어져 나갈 것만 같았다.

마누라 얼굴이 왼쪽으루 삐뚤어져 보이거든 슬쩍

바른쪽으루 한번 비켜 서 보게나―

훙―

자네 마누라가 회령서 났다능 건 거 정말이든가―

요샌 또 블라디보스톡에서 났다구 그러데― 내 무슨 수작인지 모르지― 그래 난 동경서 났다구 그랬지― 좀더 멀찌감치 해둘 걸 그랬나 봐―

블라디보스톡허구 동경이면 남북이 일만 리로구나 굉장한 거리다―

자꾸 삐뚤어졌다구 그랬더니 요샌 곧 화를 내데―

아까 바른쪽으루 비켜 서란 소리는 괜헌 소리구 비켜서기 전에 자네 시각을 정정― 그 때문에 다른 물건이 죄다 바른쪽으루 비뚤어져 보이더래두 사랑하는 아내 얼굴이 똑바루만 보인다면 시각의 직능은 그만 아닌가― 그러면 자연 그 블라디보스톡 동경 사이 남북 만 리 거리두 베제²⁾처럼 바싹 맞다가서구 말 테니.

---

2) 베제(baiser)(불): 입맞춤. 키스.

휴업(休業)과 사정(事情)

삼년전이보산과SS와 두사람사이에 끼어들어앉아
있었다. 보산에게다른 갈길이쪽을가르쳐주었으며
SS에게다른 갈길저쪽을가르쳐주었다. 이제담하나
를막아놓고이편과저편에서 인사도없이그날그날을
살아가는보산과 SS두사람의 삶이어떻게하다 가는
가까워졌다. 어떻게하다가는 멀어졌다이러는것이
퍽재미있었다. 보산의마당을 둘러싼담어떤점에서
부터수직선을 끌어놓으면그선위에SS의방의들창이
있고 그들창은 그담의 매앤꼭대기보다도 오히려
한자와가웃을 더높이나있으니까SS가들창에서 내
어다보면 보산의마당이환히들여다보이는것을 보
산은 적지않이화를내며 보아지내왔던것이다. SS는

때때로 저의들창에매어달려서는 보산의마당의임의의한점에 침을배앝는버릇을 한두번아니내애는것을 보산은SS가들키는것을 본적도있고 못본적도있지만본적만쳐서 헤어도꽤많다. 어째서 남의집기지1)에다 대이고함부로 침을 배앝느냐 대체생각이 어떻게들어가야 남의집마당에다 대이고침을 배앝고싶은 생각이 먹힐까를보산은 알아내기가 퍽어려워서어떤때에는 그럼내가 어디한번 저방저들창에가 매어달려볼까 그러면 끝끝내는 나도이마당에다대이고 침을배앝고싶은생각이떠오르고야 말것인가 이렇게까지생각하고하고는하였지만보산은 아직한번도실제로 그들창에가매어달려본적은없다고는하여도 보산의SS의그런추잡스러운행동에대한 악감이나분노는 조금도덜어지지않은 채로이전이나 마찬가지다. 아침오후두시—보산의아침기상시간은대개오후에 들어가서야있는데 그러면아침이라고 할할 수는지만 그날로서는제일첫번일어나는것

---

1) 기지: 터전, 기초.

이니까 아침이라고하는것이좋다—에일어나서 투스브러시를입에물고 뒤이지2)를손아귀에꽉쥐이고 마당에내려서면 보산은위선SS의얼굴을찾아보면 으레그들창에서 눈에띄는법이었다. SS는보산을 보자마자기다렸는듯이 침을큼직하게한입뿌듯이글어모아서이쪽보산의졸음든얼깨인얼굴로 머뭇거리는 근처를겨냥대어서한번에배알는다. 그소리는퍽완전한것으로처음SS의입을떠날때로부터보산의 마당정해진어느한군데땅—흙위에떨어져약간의여운진동을내이며 흔들리다가머물러주저앉아버릴때까지거의 교묘한사격이완료된것과같은 모양으로듣(고보)는사람으로하여금 부족한감이없을만하게얌전한것이다. 단번에보산은 얼빠져버려서버엉하니 장승모양으로섰다가다시정신을 자알가다듬어가지고증오와모욕이가득찬눈초리로 그무례한침략자SS의침가까이로 가만가만히다가서는것이다. 빛깔은거의SS의소화작용의일부분을담당하는 타액선의분비물이

---

2) 뒤이지: 양칫물을 담는 용기인 듯.

라고는 볼수없을만큼주제가남루하며 거의침이라
는 체면을유지하지못하고있는꼴이보산의마음을비
록잠시동안이나마 몹시센티멘틀하게한다. SS는그
의귀중한침으로하여 나의앞에이다지사나운주제를
노출시켜스스로의 명예의몇부분을훼손시키는 딱
한일이무엇이SS에게기쁨이되는것일까보산은때마
침탄식하였다.

변소에서보산의앞에막혀있는 느얼3)담벼락은 보
산에게있어서는 종이를얻는시간이느얼이얻는시간
보다도 훨씬더많을만큼으레변소에 들어온보산에
게맡겨서는종이노릇을하는것이다. 종이노릇을하노
라면 보산은여지없이 여러가지글을썼다가여지없
이여러번지우고 말아버린다. 어떤때에는사람된체면
으로서는 도저히적을수없는끔찍끔찍한사건을만들
어서당연히 그위에다적어놓고차곡차곡내려읽는다.
그리고난다음에는 또짓는다. 보산은SS의그런나날
이의좋지못한도전적태도에대하여서생각하여본다.

---

3) 느얼: 널빤지.

결코SS에게는보산에게대하여악의가없는것을 보산이알기는쉬웠으나 그러나그러면왜그들창에서앞으로 일백팔십도의넓은 전개를가졌으면서도 구태여이마당을향하여 침을배앝느냐 그리고도아주천연스러운시치미를딱뗀얼굴로 앞전망을내어다보거나들창을닫거나하는것은 누가보든지혹은도전적태도라고오해하기쉽지않은가를SS는알만한데도 모르는가 모르는체하는가 그것을물어보고싶지만 나는그까짓뚱뚱보같은자와는말을주고받기는싫으니까그러면나는 그대로내어버려두겠느냐 날마다똑같은일이똑같은정도로계속되는것은인생을심심하게하는것이니까 나에게있어서 그보다도더무서운일은 다시없겠으니하루바삐 그것을물리쳐야할것인데그러면나는SS의부인에게 편지를쓰리라SS군에게.

　군은그사이안녕한지에대하여 소생은이미다짐작하였노라그것은 날마다때때로 그들창에나타나는군의얼굴의산문어와같은붉은빛과 그리고나날이작아들어가는 군의눈이속히속히나에군의건강상태의일진월장을 증명하며보여주는것이다. 나의건강상태에대하여 서는말할것없고다만한가지항의하는것은 다른것이아니라 군은대체어찌하여그들창에매어달린즉슨 반드시나의집마당에대고—그것도반드시나의똑바로보고섰는앞에서—침을배앝는가. 군은도무지가 외면에나타나서 사람의심리를지배하지아니치못하는미관이라는 데대하여한번이라도고려하여본일이있는가. 또는위생이라는관념에서 불결이여하히사람의 육체뿐만아니라정신적으로도사람에게 해를끼치는가를아는가 모르는가. 바라건댄군은속히그비신사적근성을 버리는동시에침배앝는짓을근신하라. 이만—

이런편지를써서는 떡SS의부인에게먼저전하여주면SS의부인은반드시 이것을읽으리라 읽고난다음에는 마음가운데에이는분노와모욕의염을이기지못하여 반드시남편SS에게육박하리라—여보대체이런창피를 왜당하고있단말이오당신은 도야지만도못한사람이오 하고들이대이면뚱뚱보SS는반드시황겁하여 아아그런가 그렇다면오늘부터라도그침배앝는것만은 그만두지배앝을지라도보산의집마당에다

대고배앝지않으면 고만이지창피할것이야 무엇이
있나이러면SS의부인은 화가막법꼭까지치받쳐서편
지를짝짝찢어버리고 그만울고말것이니까 SS는그
러면내다시는침배앝지않으리라 그래가면서드디어
항복하고말것이다. 아아그러면된다보산은기쁜생각
이 아침의기분을상쾌히한것을좋아하면서 변소를
나서면 삼십분이라는적지아니한시간이없어졌다.
나와보면아직도SS는들창에 매어달려있으며 보산
이이리로어슬렁어슬렁걸어오면서싱글싱글 웃는것
을보자마자또침을큼직하게 한번탁뱉었다. 역시이
번에도보산의마당의가까운한점에가래가떨어진다.
그것을보는보산은다시화가치뻗쳐서 어찌할길을모
르고투스브러시를뺏어던지고 물을한입문다음움질
움질하여가지고SS의들창쪽을향하여 확뿜어본다.
이리하기를서너번이나하다가 나중에는목젖에다넘
겨가지고 그렁그렁해가지고는 여러번해매내이면
SS도견딜수 없다는듯이마지막으로 침을한번탁배
앝은다음에들창을확닫쳐버리고 SS의그보산의두갑
절이나 되는큰대가리는자취를감추어버리고야말았

다. 보산은세숫대야에다손을꽂아담그고는 오늘싸움에는 대체누가이겼나자칫하면 저뚱뚱보SS가이긴것인지도모른다그렇지만십상팔구는내가이긴것이다 그렇게생각하여버리면 상쾌하기는하나 도무지한구석에 꺼림칙한생각이 남아있어씻겨나가지를않아서 보산은세수를하는동안에 몹시도고생을한다. 노랫소리가들려온다SS의오지뚝배기긁는소리같은껄껄한목소리다. 아하그러면SS가이긴모양이다 그렇지않고야 저렇게유쾌한목소리로상규를일한높고소란한목소리로유유히노래를부를수야 있을수가있을까 보산은사지가 별안간저상하여초췌한얼굴빛을차마남에게보여줄수가 없어서뜨거운물에다야단스럽게문질러댄다. 문득보산을기쁘게할수있는죽어가는 보산을살려낼수있는 생각하나가보산의머릿속에떠오른다. 옳다되었다나도저렇게노래를부르면그만이아닌가나도개선가를부르면

삭풍은나무끝에불고 명월은눈위에찬데
만리변성에일장검짚고서서

수파람한큰소리에 거칠것이없어라.

　꼭한시간만자고 일어날까그러면네시 또조금있다
가는밥을먹어야지아니지다섯시 왜그러냐하면 소
화가안되니까한시간은 앉았다가 네시에드러누우
면아니지여섯시 왜그러냐하면 얼른잠이들지아니
하고 적어도다섯시까지 한시간을끄을것이니까 여
섯시여섯시에일어나서야 전깃불이모두들어와있을
것이고 해도져서도로밤이되어있을터이고 저녁밤
끼도벌써지냈을것이니 그래서야낮에일어났다는의
의가어느곳에있는가 공원으로산보를가자 나무도보
고바위도보고소학교아이들도보고 빨래하는사람도
보고 산도보고 시가지를내려다보고 매우효과적이
고 의미심장한일이아닐까보산은곧일어나서 문간
을나선다.
　공원은가까이바로산밑에서 산과닿아있으니 시가
지에서찾을수없는 신선한공기와청등한경치가늘사
람을기다리고있는곳으로 보산은그러한훌륭한장소
가자기집바로가까이있다는것을 퍽기뻐하여믿음직

하게여기어오는것이다. 가지는않지만언제라도가고싶으면 곧갈수있지않으냐 이다지불결한공기속에서 살아간다고하지만신선한공기가필요한때에는늘곁에있다는것을생각할수있으며 또곧가서충분히마시고올수가있지아니하냐 마시지는않는다하여도벌써심리적으로는마신것과마찬가지가아니냐 사람에게는생리적으로보다도심리적으로위생이더필요한것이아닐까 그런고로보산은늘건강지대에서살고있는것과 조금도다름이없는것이아닐까 아니차라리더한충나은것이아닐까. 때로는비록보산일망정이렇게신선한공기를마시러공원으로산보를가고있지아니하냐. 보산의마음은기뻐졌다.

문간을나서자보산은SS를만났다. 느니보다도SS가SS의집문간에나와있는것을보지않을수없었다. SS는그바위만한가슴과배사이체내로치면 횡경막의위치부근에다 SS의딸어린아이를안고나와서있다. 느니보다도어린아이는바위위에열렸거나놓여앉아있거나달라붙어매어달려있거나 의어느하나이었다.

—에끔찍끔찍이도흉한분장이로군저것이가면이
라면?

엣 엣 에엣—

뚱뚱보SS의뇌는대단히나쁠것은정한이치다. 그렇
지아니하고야 그런혹은이런추태를평연히 노출시
키지는대개아니할것이니까. 보산은이렇게생각하며
못내그딸어린아이를불쌍히여기느라고 한참이나애
를쓴이유는 어린아이도따라서뇌가나쁘리라 장래
어린아이의시대가돌아왔을때에는 뇌가나쁜사람은
오늘의뇌가나쁜사람보다도훨씬더불행할것이틀림없
을것이니까. SS는어린아이의장래같은것은 꿈에도
생각할줄모르는가 왜스스로뇌를개량치를않는가
아니그것은이미할수없는일이라고하자하여도 왜피
임법을써서불행함에틀림없을딸어린아이를낳기를미
연에막지않았는가 그것도SS가 뇌가나쁜까닭이겠
지만 참으로딱하고도한심한일이라고볼수밖에없을
것이다. SS의딸어린아이는벌써세살딸어린아이의시
대도멀지아니하였으니 SS나 나이나그어린아이의

얼마나불행한가를눈으로바로볼것이니 그것은 견딜수없는일이다. 차라리SS에게자살을권할까 그렇지만뇌가나쁜SS로서는 이것을나의살인행위로밖에 해석지아니할것이니 SS가자살할수있을까는싶지도 않은일이다. 보산은다시는SS의딸어린아이를안고문간에나와선 사나운모양은보지아니하리라결심하려 하였으나 그것은도저히보산의마음대로되는일은아닐터이니까 고결심하는것까지는그만두기로하였으나 될수있으면피할도리를강구할것을깊이마음가운데먹어두기로하였다. 또하나옳다 그러면SS에게 그렇지아니하면SS의부인에게 피임법에관한비결을몇가지만적어서보낼까 그렇게하자면 나는흥미도없는피임법에관한책을적어도몇권은읽어야할터이니 그것도도무지귀찮은일이다그만두자 그러자니참으로SS의부부와딸어린아이는불행하고 나를생각하면 보산은또한번마음이 센티멘틀하여들어오는것을느끼지아니할수는없었다.

밤이이슥히보산의한낮이다달아와있었다. 얼마있

으면보산의오정이친다. 보산은고인의말대로 보산
이얼마나음양에관한이치를잘이해하여정신수양을하
고있는것인가를 다른사람들은하나도모르는것이섭
섭하기도하였으며 또는통쾌하기도하였다. 보산은
보산의정신상태가 얼마나훌륭히수양되어있는것인
가 모른다는것을마음속에굳게 믿어오고있는것이
었다. 양의성한때를잠자며 음의성한때를깨어있어
학문하는것이얼마나이치에맞는일인가 세상사람들
아왜모르느냐 도탄에묻힌현대도시의시민들이 완
전히구조되기에는 그들이빠져있는불행의깊이가너
무나깊어버리고만것이로구나 보산은가엾이여긴다.
읽던책을덮으며 그는종이를내어놓아시를쓴다.

　세상에서땅바닥에달라붙어뜯어먹고사는 천하인
간들의쓰는시와는운소[4]로차가나는훌륭한시를 보
산은몇편이나몇편이나써놓은것이건만 그대신세상
사람들은 그의시를이해하여줄리가없는과대망상으
로밖에는볼수없는것이었다. 이것을보산혼자만이셜

---

4) 운소: 높은 하늘, 높은 지위를 비유함.

어하고있으니 누가보산이이것을설어하고있다는것
조차알아줄이가있을까. 보산은보산이야말로외로운
사람이라고 그렇게정하여 놓고앉아있노라면 눈물
나는한구고인의글이그의머리에떠오른다 보산을위
로한답시고보산아 보산아들어보아라

德不孤　必有隣[5]

보산의방안에걸린여러가지 그림틀들은똑바로걸
려서있지아니하면안된다. 보산은곧일어나서 똑바
로서있지아니한것을 똑바로세워놓는다. 보산은보
산의방안에있는무엇이든지이고는반드시 보산을본
받아야할것이라고생각하자마자 고단한몸불편한몸
을비드슴이 담벼락에 기대이고있던것을얼른놀란
듯이고쳐서는 똑바로앉는다. 그리고는 그림틀들은
다보산을본받은것이아니냐 라고생각하며 흔연히
기뻐하는것이었다.

---

5) 덕불고 필유인(德不孤必有隣): 『논어(論語)』「이인편(里仁篇)」에 나오는 말.
　덕 있는 이는 외롭지 않으니 반드시 (알아주는) 이웃이 있다는 뜻.

시계가세시를쳤다. 보산은오후가탔다. 밤은너무
나고요하여서때로는 시계도제꺽거리기를꺼리는듯
이 그네질을자고그만두려고만드는것같았다. 보산
은피곤한몸을자리위에그대로잠깐눕혀본다. 이제부
터누우면잠이들수있을까없을까를시험하여보기위하
여 그러나잠은보산에게서는아직도머언언 것으로
도무지가보산에게올까싶지는않았다. 보산은다시몸
을일으키어 책상머리에기대이면 가만가만히들려
오는 노랫소리는 분명히SS의노랫소리에틀림이없
는데 아마SS도저렇게밤을낮으로삼아서지 내는가
그러면SS도 음양의좋은이치를터득하였단말인가아
니다. 그따위뚱뚱보SS의나쁜뇌를가지고는도저히
그런것을깨달아낼수가있다고는추측되지않는일이
다. 저것은분명히SS의불섭생으로말미암아일어나는
불면증이다. 병이다잠이아니오니까 저렇게청승스
럽게일어나앉아서 가장신비로운것을보기나하듯이
노래를부르고있는것이다. 그러나그것은그렇다고하
여두겠지만 아까낮에들리던개선가의SS의목소리는
들을수없을만치 지저분히흉한것이었음에반대로

이밤중의SS의목소리의무엇이라고 저렇게아름다움
이여. 하고보산은감탄하지아니할수없었을만치 가
늘고 기일고 떨리고 흔들리고 얇고 머얼고얕고한
것을듣고 앉아있는보산은금시로모든것을다아잊어
버릴수밖에는없었을만치 멍하니 앉아서듣기는듣
고있지만 그것이과연SS의목소리일까 뚱뚱보SS의
나쁜뇌로서 저만치고운목소리를 자아낼만한훌륭
한소질이어느구석에 박혀있었던가 그렇다면 뚱뚱
보SS는그다지업수이여길수는없는 뚱뚱보SS가아닐
까 목소리가저만하면사람을감동시킬만한자격이
넉넉히있지만 그까짓것쯤두려울것은없다하여 버
리더라도하여간SS가이한밤중에 저만큼아름다운목
소리를 내일수있다는것은 참신기한일이라고아니
칠수없지만 그렇다고이보산이그에게경의를 별안간
표하기시작하게된다거나 할 일이야천부당만부당에
있을법한일도아니련만보산이그래도SS의노랫소리
에 이렇게도감격하고있는것은공연히여태까지가지
고오던 SS에대한경멸감과우월감을일시에무너뜨려
버리는것이되고말지나않을까 그것이퍽불안하면서

도 보산은가만히SS의노랫소리에 귀를기울이고앉
아있다.

　오늘은대체음력으로 며칟날쯤이나되나 아니양력
으로물어도좋다 달은음력으로만뜨는것이아니고
양력으로뜨는것이아니냐 하여간날짜가어떻게되어
있길래이렇게달이밝을까달이세시가지내었는데 하
늘거의한복판에그대로남아있을까 보산의그림자는
보산을닮지아니하고 대단히키가작고 뚱뚱하다느
니보다도 뚱뚱한것이 거의SS를닮았구나불유쾌한
일이로구나 왜하필그까짓뇌가 나쁜뚱뚱보SS를닮
는단말이냐 그렇지만뚱뚱한것과 뚱뚱한것은대단
히다른것이니까 하필닮았다고 말할것도아니니까
그까짓것은아무래도좋지않으냐하더라도 웬일로이
렇게SS의목소리가아름다울까하고 보산은그SS가매
어달리기만하면 반드시이마당에다대고 침을배앝
는 불결한들창이있는 담밑으로가까이가서가만히
그쪽SS의방노랫소리가흘러나오는것이 과연여기인
가아닌가하고 자세히엿들어보아도 분명히노랫소

리가나오는곳은 여기인데그렇다면 그노래는SS의 노랫소리에는 틀림이없을것을생각하니 더욱더욱 이상하다는생각만이 보산의여러가지생각의 앞을 서는것이었다. 그러나보산은 또다시생각하여보면 그노랫소리는SS의부인의노랫소리가아닌지도모르 지만 그렇다고SS와SS의부인은한방에있는지 그렇 다면딸어린아이가세살먹었는데 피곤한어머니의몸 이여태껏잠이들지않았다고는이야 생각할수는없는 사정이아니냐 잠이안들었다하여도 어린아이가잠 에서 깨일까봐결코노래를부르거나 할리는없지만 또누가남의속을아느냐 혹은어린아이가도무지잠이 들지아니하므로 자장가를부르는것이나아닐까하지 만 보산이아무리아무것도모른다한대야불리우는노 래가 자장가이고 아닌것쯤이야 구별하여낼수있음 직한데 그래도누가아나 때가때인만큼 그렇지만보 산의귀에는 분명히일본야스기부시6)에틀림없었다. 설마SS의부인이일본야스기부시를한밤중에부르려

---

6) 야스기부시: 일본 민요의 하나.

하여도 그런것들은하여간SS와SS의부인이한방에있다는것은 대단히문란한일이라고생각한다. 더욱이 둘이한방에있다는것을 보산에게알린다는것은다시없이 말들을만한문란한일이다 보산은이렇게여러가지로생각하며 그담밑에서노랫소리에귀를기울이고 있었다.

한 개의밤동안을잤는지 두개의밤동안을잤는지 보산에게는똑똑히나서지않았을만하니 시계가아홉시를가리키고있더라는우연한일이다. 마당에나서는 보산의마음은 아직자리가운데에있었는데 아침은 이상한차림차림으로 보산을놀라게하였을때에 보산의방안에있던마음이 냉큼보산의몸뚱어리가운데로튀어들고보니 그리고난다음의보산은 아침의흔히보지못하던 경치에놀라지아니할수없었다. 지붕위에까치가한마리가있었는데 그것이어떻게도마음놓고머물러있는것같이보이는지 그곳은마치까치의집으로밖에 아니여겨진다면또왜까치는늘보산이일어나는시간인 오후세시가량해서는어디를가고없느냐하면 그것은까치는 벌이를하러나간것으로아직 돌아오지아니한탓이라고 그렇게까닭을 붙여놓고 나면보산에게는그럴듯하게생각하게되니 보산이일 어날때마다보살펴보지도아니하는지붕 위에한자리 는까치가사는집—사람으로치면—이있는것을보산 은 몰랐구나생각하노라면보산은웃고싶었는데 그 럼까치는어느때에벌이자리를향하여떠나서는 집을 뒤에두고 나서는것일는지가좀알고싶어서한참이나 서서자꾸만치어다보아도 까치는영영날아가지는않 으니 아마까치가집을나설시간은아직아니되고면모 양이로구나한즉보산은오늘은나도꽤일찍일어났구나 생각을먹는것이 부끄럽지않고 무어꺼리낌한일도 없어서퍽상쾌한기분이다. 그러나SS가여전히 그들 창에매어달려서는이쪽보산의마당을노려보고있는것 을본 보산은가슴이꽉막히는것같아지며 별안간앞 이팽팽돌아들어오는것을 못그러게할수없었다. 대 체SS가이이른아침에웬일인까 SS는이렇게일찍일어 날수있는사람은 물론보산에게는 아니었고아침으 로부터보산이 일어나서처음SS를만나는시간까지

그동안SS는죽은사람이라고쳐도관계치않을것인데
인제보니 SS는있구나 밤네시로부터아침 이맘때까
지는구태여SS를없는사람이라고치지는않는다 피차
에잠자는시간이라고치고라도 이것은천만에뜻하지
못한일이다. SS는보산을향하여 예언자와같은엄숙
한얼굴을하더니 떡큼직하게하품을한번하고나서는
소프라노에가까운목소리로 소가영각할때하는 소
리와같은기성을한번내어보더니 입맛을쩍쩍다시면
서 지난밤에아름다운 노랫소리를 그대는들었는지
과연그것이 이SS이라면 그대는바야흐로 놀라지아
니하려는가하는듯이 보산의표정이내어걸린간판의
무슨빛깔인가를기다린다는듯이 흠뻑해야 그것이
그것이지하는듯이보산을내려보며 어디다른곳에서
얻어온것같은아름다운미소를얼굴에띠는것이었다.
보산은그다음은 그러면무엇이냐는듯이 SS를바라
다보면SS는아아그것은네가왜잘알고있지아니하냐
는듯이 침을입하나가득히거의보산의발가까운한점
에다배앝아놓고는 만족하다는데가까운 표정을쓱
하여보이면보산은저것이 아마SS가만족해서못견디

는데에하는얼굴인가보다 끔찍이도변변치못하다생
각하였다는체하는 표정을보산은SS에게대항하는뜻
으로하여보여도 SS는그까짓것은몰라도좋다는듯이
한번해놓은표정을변경치—좀체로는—않는다.

횡포한마술사보산이나타나자 그는얼조각은또종
이노릇을하노라면 종이가상상할수있는바 글자라
는글자 말이라는말쳐놓고 안씌우는것이없다. SS야
나는너에게도 저히경의를표할수는없다.
너의그동물적행동은무엇이냐. 나의자조의너에게
대한모멸적표정을너는눈이있거든보느냐 못보느냐
고나서는 노하느냐 웃느냐너도사람이거든 좀노할
줄도알아두어라 모르거든 너의부인에게 물어보아
라 빨리노하라. 그리하여다시는 그와같은파렴치적
행동을거듭하지말기를바란다. 그러면SS는 보산아
노하는것이란다무엇이냐 나는적어도 그까짓일에
노하고싶지는않다 따라서나의그동물적행동이란대
체나의어떠한행동을 가리켜말하는것인지는모르나
나의행동의어느하나라도너를위하여 변경할수는없

다 이렇게답장이오면 SS야나는너에게최후통첩을
보낸다. 너같은사회적저능아를그대로두어서는 인
류의해독이될것이니까 나는너를내일아침 네가또
그따위짓을개시하는것과동시에 총살을하여버리리
라 총 총 총 총 총은나의친한친구가공기총을가진
것을나는잘알고있으니까 그는그것을얼른빌려줄줄
로믿는다. 너는그래도조금도무섭지않은가 네가즉
사까지는하지않을지모르지만 얼굴에생길무서운험
을무엇으로 가리려는가 너는그흉한험으로 말미암
아일생을두고 결혼할수없는불행을맛보리라 그러
면보산아너는무슨정신이냐 나는이미결혼하였다는
것을모르느냐 나의아내는너를미워하리라그러면SS
들어보아라 나는너의부인에게편지를하여버릴것이
다너의그더러운행동을사실대로일일이적어서는 그
러면너의부인은 너를얼마나모욕하며 혐오할것인
가를너같은뚱뚱보의나쁜뇌를가지고는 아마추측해
내기는어려울것이다그러면 보산아너는무엇이라고
나를놀리느냐 너는나의아내를탐내는자인것이분명
하다. 나는너를살인죄로고소할것이다법률이 너에

게가할고통을너는무서워하지않느냐그러면.

　보산은적을 물리치기준비에착수하였다. 잉크와
펜 원고지에적히는첫자가오자로생겨먹고마는것을
화를내는것잡히지않는보산의마음에매어달려 데룽
데룽하는보산의손이종이를꼬기꼬기구겨서는 마당
한가운데에홱내어던진다는것이공교스러이도 SS가
오늘아침에배앝아놓은침에서 대단히가까운범위안
에떨어지고만것이 보산을불유쾌하게하여서보산은
얼른일어나 마당으로내려가서는그구긴종이를다시
집어서는보산이인제이만하면 적당하겠지 생각하
는자리에갖다떡놓고나서생각하여보니 그것은버린
것이아니라 갖다가놓은것이라 보산의이종이에대
한본의를투철치못한위반된것이분명하므로 그러면
이것을방안으로가지고돌아가서 다시한번버려보는
수밖에없다하여 그렇게이번에야하고하여보니너무
나 공교스러운일에 공교스러운일이계속되는것은
이것도 공교스러운일인지아닌지 자세히모르는것
같은것쯤은그대로내어버려두어도 관계치않고 우

선이것을내가적당하다고인정할때까지고쳐하는것이 없는시간에 급선무라하여자꾸해도마찬가지고 고쳐해도마찬가지였다 하다가는흥분한정신에몇번이나했는지 도무지모르는동안에 일이성공이되고보니 상쾌한지안한지 그것도도무지보산자신으로서는 판단하기어려운일이었는데 그렇다면당할사람이라고는 아무도없지아니하냐고하지만 우선편지부터써야하지않겠느냐 생각나니까보산은 편지부터써서 이번에는그런고생은안하리라하고 정신을차려썼다는것이 겨우다음과같은것이었다.

SS야 내가어떠한사람인가 너의부인에게물어보아라 너의부인은조금도 미인은아니다.

오늘은분명히무슨축제일인가보다하고 이상한소리에무슨일이생겼을까하고 생각하며귀를기울이고 있노라면 보산의방에걸린세계에제일구식인시계가 장엄한격식으로시계가칠수있는제일많은수효를친다. 보산은 일어나문간을나섰다가편지를SS의집문간에넣으려는생각이 막니일기전에이상스러운것을 본것이있다. SS의집대문을가로질러매어진 새끼줄 에는숯과붉은고추가매달려있었다. 이런세상에추태 가어디있나SS는참으로이세상에서 제일가엾은사람 이니까 나는SS에게절대행동을하는것만은 그만두 겠다고결심하고난다음에는 보산은그대로대단히슬 픈마음도있기는있는것이다 하면서어슬렁어슬렁걸 어서는간다는것이 와보니보산의마당이다.

이상(李箱, 1910.08.20~1937.04.17)

일제강점기의 시인, 작가, 소설가, 수필가, 건축가

본명은 김해경(金海卿)

본관은 강릉 김씨(江陵 金氏)

서울 출생

1910년 서울에서 이발업에 종사하던 부 김연창(金演昌)과 모 박세창(朴世昌)의 장남으로 출생하였으며 이름은 김해경이다.

1912년 생부모를 떠나 아들이 없던 백부 김연필(金演弼)에게 입양되어 강원도 강릉에 살던 김연필의 집에서 장손으로 성장하였다.

1921년 경성 신명학교(新明學校) 졸업.

1926년 경성 동광학교(東光學校: 뒤에 보성고등보통학교에 병합) 졸업. 경성고등공업학교 건축과 입학.

1929년 경성고등공업학교 건축과 졸업.

1929년 총독부 내무국 건축과 기사로 근무.

1929년 12월 조선건축회지 『조선과 건축』 표지 도안 현상 모집에
　　　 1등과 3등으로 당선.

1930년 2월 첫 장편소설 「十二月 十二日」을 월간 『조선(朝鮮)』 2월
　　　 호부터 12월호까지 연재.

1931년 처녀시 「이상한 가역반응」(7월호, 일문시), 「BOITEUX·
　　　 BOITEUSE」, 「파편의 경치」, 「▽의 유희」, 「공복」, 「조감
　　　 도」(8월호, 일본어 연작시), 「삼차각설계도(三次角設計圖)」
　　　 (10월호) 등을 『조선과 건축』지에 발표.

1932년 소설 「지도의 암실」을 『조선』 3월호에 발표하면서 비구(比
　　　 久)라는 익명을 사용했으며, 시 「건축무한육면각체」(연작시,
　　　 『조선과 건축』 7월호)를 발표하면서 '이상(李箱)'이라는 필
　　　 명을 처음으로 사용했다.

1932년 소설 「휴업과 사정」을 『조선』 4월호에 발표.

1933년 3월 각혈로 총독부 건축기수직을 사임하고 백천(白川)온천
　　　 으로 요양을 떠났다가 기생 금홍(본명 연심)을 만난 후 서울
　　　 로 올라와 금홍과 함께 다방 '제비'를 운영하였다. 이때부터
　　　 그는 폐병에서 오는 절망을 이기기 위해 본격적으로 문학을

시작했다.

1933년 정지용의 주선으로 『가톨릭청년』 7월호에 시 「1933년 6월 1일」, 「꽃나무」, 「이런 시(詩)」 등을, 잇따라 10월호에 시 「거울」 발표.

1934년 김기림·이태준·정지용 등이 중심이었던 구인회에 가입하면서 박태원과 친하게 지냈다. 박태원의 소설 「소설가 구보씨의 하루」에 삽화를 그려주기도 했다.

1934년 조선중앙일보에 7월부터 8월까지 연작시 「오감도」를 연재하지만 난해시라는 독자들의 항의로 30회로 예정되었던 분량을 15회로 중단하였다.

1934년 『월간매신(月刊每申)』에 「보통기념」, 「지팽이 역사(轢死)」를, 조선중앙일보에 국문시 「오감도(烏瞰圖)」 등의 시작품 다수 발표.

1935년 '제비'다방을 폐업하고 인사동에 '카페 쓰루(鶴)', 종로 1가에서 다방 '69', '무기(麥)', '맥' 등을 열지만 번번이 실패했으며 연인 금홍과도 결별한다.

1935년 「정식」, 「지비(紙碑)」, 「산촌 여정」을 발표.

1936년 구인회 동인지 『시와 소설』의 편집을 맡아 1집만 낸 뒤 그만두고 『중앙』에 소설 「지주회시(蜘蛛會豕)」, 『조광』에 소설

「날개」, 「동해(童骸)」 등을 발표하였으며, 「봉별기」가 『여성』에 발표되었다.

1936년 구본웅웅(具本雄)의 아버지가 경영하는 창문사에서 구인회 동인지 『시와 소설』을 편집하였고, 시 「지비(紙碑)」, 「가외가전」, 「위독」, 소설 「지주회시」, 「날개」, 「봉별기」, 「동해」 등을 발표했다.

1936년 6월 신흥사에서 변동림과 결혼.

1936년 11월 일본 도쿄로 거처를 옮겨, 사후 발표작인 소설 「종생기」, 「슬픈 이야기」, 「환상기」, 「실락원」, 「실화」, 「동경」, 수필 「권태」 등을 썼다.

1937년 『조광』에 소설 「동해(童骸)」 발표.

1937년 일경에 의해 불령선인(不逞鮮人)으로 검거되어 도쿄 니시칸다경찰서에 유치(2월 12일~3월 16일)되었다가 건강 악화로 풀려나왔지만 지병인 폐병이 악화되어 도쿄 제국대학 부속병원에서 4월 17일 객사하였다(유해는 화장하여 경성으로 돌아왔으며, 같은 해(1937년)에 숨진 친구 김유정과 합동영결식을 하여 미아리 공동묘지에 안치되었으나 후에 유실되었다).

작품 목록

1. 단편소설

「날개」

「종생기(終生記)」(1937)

「단발(斷髮)」

「실화(失花)」(1936)

「환시기(幻視記)」

「동해(童骸)」(1936)

「봉별기(逢別記)」(1936)

「지주회시(蜘蛛會豕)」(1936)

「지도의 암실」

「황소와 도깨비」(1936)

「지팽이 역사」

「사신1-9」

2. 수필

「권태(倦怠)」(1937)

「산촌여정(山村餘情)」(1935)

3. 시

「異常ナ可逆反応(이상한 가역반응)」(『朝鮮と建築(조선과 건축)』,
　　1931년 7월호)

「破片ノ景色: △ハ俺ノAMOUREUSEデアル(파편의 경치: △은 나
　　의 AMOUEUSE이다)」(『朝鮮と建築(조선과 건축)』, 1931년 7월호)

「▽ノ遊戱─: △ハ俺ノAMOUREUSEデアル(▽의 유희: △은 나의
　　AMOUREUSE이다)」(『朝鮮と建築(조선과 건축)』, 1931년 7월호)

「ひげ─: (鬚·鬚·ソノ外ひげデアリ得ルモノラ·皆ノコト)(수염-:
　　(鬚·鬚·그 밖에 수염일 수 있는 것들·모두를 이름))」(『朝鮮と建築
　　(조선과 건축)』, 1931년 7월호)

「BOITEUX·BOITEUSE」(『朝鮮と建築(조선과 건축)』, 1931년 7월호)

「空腹-(공복-)」(『朝鮮と建築(조선과 건축)』, 1931년 7월호)

「오감도」

「건축무한육면각체」

「꽃나무」(『가톨닉靑年』, 1933년 7월호)

「이런 詩」(『가톨닉靑年』, 1933년 7월호)

「一九三三, 六, 一」(『가톨닉靑年』, 1933년 7월호)

「거울」(『가톨닉靑年』, 1933년 10월호)

「소영위제(素榮爲題)」(1934)

「普通紀念」(『月刊每申』, 1934년 7월호)

『烏瞰圖』

　　「詩第一號」(『朝鮮中央日報』, 1934년 7월 24일)

　　「詩第二號」(『朝鮮中央日報』, 1934년 7월 25일)

　　「詩第三號」(『朝鮮中央日報』, 1934년 7월 25일)

　　「詩第四號」(『朝鮮中央日報』, 1934년 7월 28일)

　　「詩第五號」(『朝鮮中央日報』, 1934년 7월 28일)

　　「詩第六號」(『朝鮮中央日報』, 1934년 7월 31일)

　　「詩第七號」(『朝鮮中央日報』, 1934년 8월 2일)

　　「詩第八號 解剖」(『朝鮮中央日報』, 1934년 8월 3일)

　　「詩第九號 銃口」(『朝鮮中央日報』, 1934년 8월 3일)

　　「詩第十號 나비」(『朝鮮中央日報』, 1934년 8월 3일)

　　「詩第十一號」(『朝鮮中央日報』, 1934년 8월 4일)

　　「詩第十二號」(『朝鮮中央日報』, 1934년 8월 4일)

　　「詩第十三號」(『朝鮮中央日報』, 1934년 8월 7일)

　　「詩第十四號」(『朝鮮中央日報』, 1934년 8월 7일)

　　「詩第十五號」(『朝鮮中央日報』, 1934년 8월 8일)

「실화」

「정식(正式)」(1935)

「명경(明鏡)」(1936)

**이상의 문학적 활동을 기려 문학사상사에서 이상문학상을 1977년 이래 매년 시상 수상하고 있으며, 2008년에는 현대불교신문사와 계간 『시와 세계』가 이상시문학상을 제정해 매년 수상하고 있다.

**이상은 1930년대를 전후하여 세계를 풍미하던 자의식 문학시대에 우리나라를 대표하는 자의식문학의 선구자인 동시에 초현실주의적 시인이다. 감각의 착란(錯亂), 객관적 우연의 모색 등 비상식적인 세계는 이상 그의 시를 난해한 것으로 성격 짓는 요인이다. 근본적으로는 현실에 대한 비극적이고 지적인 반응에 기인한다. 이상의 지적 태도는 의식의 내면세계에 대한 새로운 해명을 가능하게 하였으며, 무의식의 메커니즘을 시세계에 도입하여 시상의 영토를 확장하게 하였다. 이상의 시는 전반적으로 억압된 의식과 욕구 좌절의 현실에서 새로운 대상(代償) 세계로 탈출하려 시도하는 초현실주의적 색채를 강하게 풍기고 있다.

**이상의 문학작품은 정신을 논리적 사고 과정에서 해방시키고자 함으로써 무력한 자아가 주요한 주제로 나타나게 된다. 시 「거울」이나 소설 「날개」 등은 이러한 경향이 두드러지게 드러나는 대표적 작품이다. 또한, 시 「오감도」는 육체적 정력의 과잉, 말하자면 발산되어야 하면서도 발산되지 못한 채 억압된 리비도(libido)의 발작으로 인한 자의식 과잉을 보여주는 작품으로서, 대상을 정면으로 다루지 못하고 역설적으로 파악하는 시적 현실이 잘 드러나 있다. 바로 이와 같은 역설에서 비롯되는 언어적 유희는 그의 인식 태도를 반영하고 있는 동시에 독특한 방법이 되고 있다. 그리하여 억압받은 성년의 욕구가 나르시시즘(narcissism)의 원고향인 유년시대로 퇴행함으로써 욕구 충족을 위한 자기방어의 메커니즘을 마련하였고, 유희로서의 시작(詩作)은 그러한 욕구 충족의 한 표현이 되는 것이다. 그 만큼 이상은 인간 모순을 언어적 유희와 역설로 표현함으로써 시적 구제(詩的救濟)를 꾀한 시인이었다.

**이상은 시, 소설, 수필에 걸쳐 두루 작품활동을 한 식민지시대 대표적인 작가이다. 특히 시와 소설은 1930년대 모더니즘의 특성을 첨예하게 드러내고 있다. 시의 경우 그가 보여주는 것은 현대인의 황량한 내면풍경이며, 「오감도 시 제1호」처럼 반리얼리즘 기법을 통한 불안과 공포라는 주제로 요약된다. 또한 그의 소설은 전통적인 소설 양식의 해체를 통해 현대인의 삶의 조건을 보여주는데, 「날개」의 경우 그것은 의식의 흐름 기법을 통해 어떤 일상적 현실과도 관계를 맺을 수 없는, 파편화되고 물화된 현대인의 소외로 나타나고 있다.

**스물일곱 나이로 요절한 천재 작가 이상. "한국 현대시 최고의 실험적 모더니스트이자 한국 시사 최고의 아방가르드 시인"이라는 평가를 받는 이상은 어두운 식민지시대에 돌출한 모던보이다. 그의 등장 자체가 한국 현대문학사상 최고의 스캔들이다. 알쏭달쏭한 아라비아 숫자와 기하학 기호의 난무, 건축과 의학 전문용어의 남용, 주문(呪文)과도 같은 해독 불능의 구문으로 이루어진 시들. 자의식 과잉의 인물, 도저한 퇴폐적 소재 차용, 띄어쓰기 거부, 위트와 패러독스로 점철된 국한문 혼용 소설들. 그의 모더니즘 문학과 비일상적 기행(奇行)은 이 스캔들의 원소를 이룬다. 이상 문학은 그 자체로 20세기 한국 문학사에 내장된 최고의 형이상학적 스캔들이다.

**이상은 1931년 7월에서 9월에 걸쳐 『조선과 건축』에 「이상한 가역반응(可逆反應)」 외 5편과 일어로 된 「오감도」 8편, 그리고 「삼차각설계도」 등을 통해 우리 문학사상 최초로 이성과 의지를 무시

한 자동기술법, 숫자와 기하학 기호의 삽입, 난해한 한자와 일어의 사용, 띄어쓰기의 무시 등을 감행한 시들을 선보여 기성 문인들에게 당혹감을 안겨준 바 있다.

**이상은 '12, 12'라는 말을 종종 했다. 이는 발음으로는 '십이, 십이'가 되지만 억양을 강하게 발음하면 성기의 다른 뜻이 된다. 구본웅의 당조카이자 구본준의 아들 구광모는 후일 자신의 아버지로부터 이상이 조선총독부를 향해 '12, 12'라 욕한 것을 후일 접하게 된다. 「十二月 十二日」는 월간 『조선(朝鮮)』 2월호부터 12월호까지 연재되었는데, 조선총독부에서 직접 발간하는 종합전문 월간지에 큰 글씨로 '12, 12'라는 제목의 소설을 연재시켰다. 이상은 후일 자신의 친구들 몇 명에게만 십이 십이의 본의미를 살짝 알려주었다. 소설 속에서 12월 12일은 주인공이 돈을 벌기 위해 일본으로 떠나는 날인 동시에 얼마간의 돈을 가지고 조선으로 돌아오는 날이며, 주인공이 죽을 날이기도 한 동시에 참으로 살아야 할 날이라고 깨닫는 날이기도 했다. 구광모는 "12, 12로 상징되는 욕설과 함께 '펜은 나의 최후의 칼이다'라고 절규하는 그의 소설 속의 외침이 천둥소리처럼 나의 가슴을 두드리고 있었다"고 평하였다. 한글과 그 발음을 전혀 모르던 조선총독부와 일본인 관리들은 12, 12

를 단순히 숫자로만 이해했고 한글 발음으로 했을 때 욕설이 된다는 점을 눈치 채지 못했다.

또한 이상은 숫자를 이용해서 조선총독부 학무국의 관료들을 골탕 먹였다. 시 「鳥瞰圖(오감도)」에 나오는 "13人의 兒孩(아해)가…"가 그렇고, 이상이 '제비'다방 다음으로 개업하려고 간판을 붙였다가 그 의미가 탄로나 허가 취소된 '69'다방 등도 그렇다. 그 외에도 남녀의 성교를 상징하는 33과 23(二十三, 다리 둘과 다리 셋의 합침) 및 且8(한글로 차팔 또는 조팔이라 읽음. 발기한 남성 성기 또는 18과 대칭을 나타냄) 등의 표현으로 조선총독부를 골탕 먹였다.

**김해경이 이상이라는 필명을 쓰기 시작한 데에 대해서는 몇 가지 설이 있다.

본명 김해경(金海卿), 필명 이상(李箱)
우리에게는 널리 알려진 천재 작가 이상

그는 1932년 소설 「지도의 암실」(『조선』 3월호)에서 '비구(比久)'라는 익명을 사용했으며, 시 「건축무한육면각체」(역작시, 『조선과 건축』 7월호)를 통해 '이상(李箱)'이라는 필명을 처음으로 사용했다.

누이동생인 김옥희는 "김해경이라는 오빠의 이름이 이상으로 바뀐 것은 1932년부터예요. 건축 공사장 노동자들이 '이상'이라고 잘못 호칭한 데서 비롯된 것"이라고 말한다. 이상이라는 이름은 총독부 건축기사 시절 공사장 노동자들이 일본식 발음으로 '긴상(金樣)'이라고 해야 할 것을 '이상(李箱)'이라 잘못 부른 데서 시작됐다는 것이다.

또한 시인 김기림에 의하면 "조선총독부에서 건축기사로 근무 시 현장의 일본인들이 그를 이씨란 의미로 "李さん(이상)"이라고 부르던 것에서 유래되었다"고 한다.

그러나 1929년 이상 김해경이 디자인한 경성고등공업학교 졸업 앨범을 보면 이상이라는 자필 서명이 나온다. 이상이라는 이름은 경성고등공업학교 시절 건축 공사장에 실습하러 갔을 때 노동자가 김해경을 '이씨'로 알고 잘못 부른 데서 비롯된 듯하다.

또한 이 필명은 화가 구본웅에게 선물로 받은 화구상자(畵具箱子)에서 연유했다는 증언이 있다. 이상(李箱)이 '오얏나무 상자'라는 뜻으로 풀이되는 것도 그 때문이다.

큰글한국문학선집: 이상 단편선

종생기

ⓒ 글로벌콘텐츠, 2015

1판 1쇄 인쇄_2015년 09월 25일
1판 1쇄 발행_2015년 10월 05일

지은이_이상
엮은이_글로벌콘텐츠 편집부
펴낸이_홍정표

펴낸곳_글로벌콘텐츠
      등 록_제25100-2008-24호

공급처_(주)글로벌콘텐츠출판그룹
      기획·마케팅_노경민   편집_김현열 송은주   디자인_김미미   경영지원_안선영
      주소_서울특별시 강동구 천중로 196 정일빌딩 401호
      전화_02-488-3280   팩스_02-488-3281
      홈페이지_www.gcbook.co.kr

값 24,000원
ISBN 979-11-5852-052-6 03810